Franz von Heufeld

Der Geburtstag

Ein Lustspiel in zwei Aufzügen

Franz von Heufeld

Der Geburtstag
Ein Lustspiel in zwei Aufzügen

ISBN/EAN: 9783743410015

Hergestellt in Europa, USA, Kanada, Australien, Japan

Cover: Foto ©Andreas Hilbeck / pixelio.de

Weitere Bücher finden Sie auf **www.hansebooks.com**

Der Geburtstag.

Ein

Lustspiel

in

Zween Aufzügen.

WIEN 1769.

Personen.

Herr von Ehrenwerth.

Frau von Ehrenwerth.

Nannette.
Cillerl.   ⎤ Derselben Kinder.
Ferdinandel.   ⎦

Frau von Plauderbach.

Herr von Caspersberg.

Frau von Caspersberg.

Herr von Hadersheim.

Frau von Hadersheim.

Herr von Ebenholz.

Frau von Ebenholz.

Fräulein von Ebenholz.

Herr von Niederburg.

Frau von Niederburg.

Baron Schuschu.

Herr von Dormann.

Herr Finsterling.

Signor Stuzica.

Lisette.

Christoph.

Der Schauplatz ist in Ehrenwerths Haus.

Erster Aufzug.

Erster Auftritt.

Lisette, Christoph.

(Lisette ist beschäfftiget das Zimmer in Ordnung zu bringen. Christoph tritt eben herein.)

Ah Lisette! ist sie hier? Ich bin recht froh, daß ich sie sehe; sey sie so gut, geb sie mir —

Lis. Laß er mich mit Fried! ich habe nicht Zeit ihm Audienz zu geben.

Christ. Nur ein paar Worte, so gehe ich wieder: sey sie nur so gut, geb sie mir —

Lis. Laß er mich in Ruhe! ich habe keine Zeit mit ihm zu plaudern, er sieht ja wohl, daß ich alle Hände voll zu thun habe.

Christ.

Chrift. Nu nu! sie wird ja doch einen Augenblick mit mir reden können? Was hat sie
denn so sehr nothwendiges zu thun?

Lis. Dummer Teufel! weis er denn nicht,
daß heut der gnädigen Frau Geburtstag ist?

Chrift. Das weis ich wohl.

Lis. Ich muß ja aufräumen, das Zimmer
ausputzen, und habe noch eine Menge Sachen
zu thun. Es werden hernach Leute kommen
zum gratuliren.

Chrift. Eben deswegen bin ich da. Es sind
wirklich schon über zehn Bediente hier gewesen,
die haben aufschreiben wollen; ich habe kein
Papier, daß ich könnte einen Zettel hinaus le-
gen. Sey sie so gut, geb sie mir einen Bogen
Papier.

Lis. Wo soll ich Papier hernehmen? Geh er
zum gnädigen Herrn, der wird ihm schon eines
geben.

Chrift. Nu nu! zürne sie sich nur nicht! ich
gehe schon. (geht in seines Herrn Zimmer.)

Lis. (unterm Arbeiten) Alles kömmt an
mich; alles wollen die Leute von mir haben —
als wenn ich nur da wäre einem jeden aufzuwarten. Was geht mich der Zettel an? Ein
jedes thue seine Sache, ich habe so zu thun genug. (zu einem von den Sesseln, die unor-
dentlich im Zimmer stehen) Was stehst denn
du da? du gehörst nicht hieher. (trägt ihn an
die

die Rückwand neben dem Tische.) Da mußt du stehen. — Und du gehörst daher.

Chrift. (kömmt wieder zurück mit Tinte, Feder und Papier in der Hand, sieht sich um.) Mit wem redet sie?

Lis. Mit niemand.

Chrift. Ich habe wirklich geglaubt, es wäre jemand da, der gratuliren oder aufschreiben will. Itzt sollen sie nur kommen! ich habe alles, was ich brauche. Zehn haben schon hergeschickt; die Bedienten haben mich gebethen, ich möchte ihre Herrschaften aufschreiben, damit sie nicht noch einmal hergehen dürfen. Ich möchte es vergessen, ich will sie gleich nach einander, wie sie gekommen sind, aufschreiben. (Setzt sich an den Tisch, und will schreiben.)

Lis. Was macht er hier? gleich pack er sich hinaus! will er mir den Tisch und Sessel wieder schmutzig machen?

Chrift. Oho! was hat sie für einen Lärmen! ich kann ja gehen: sie ist heut so wunderlich und verdrüßlich, daß mit ihr nicht auszukommen ist. (ab)

Zweyter Auftritt.

Lisette allein.

Der Teufel möchte nicht verdrüßlich seyn! seit fünf Uhr früh wichse ich schon Tisch und Sessel.

— Ich wollte, daß der Geburtstag, weiß nicht wo, wäre! — Ich werde den ganzen Vormittag keinen Fried haben — das Frühstückmachen wird vor zwölf Uhr kein Ende nehmen. — Jo, ich sags, man ist geschoren, wie ein Hund! da soll man jedem Schmarotzer aufwarten. —

Dritter Auftritt.

Ehrenwerth, Lisette.

Ehrenw. (sieht auf die Uhr) Schon neun Uhr! (zur Lisette) Ist meine Frau schon aufgestanden?

Lis. Vor einer Stunde schon, ihr Gnaden!

Ehrenw. So kann ich ihr noch gratuliren, bevor ich ausgehe. (zur Lisette) Was machen meine Kinder?

Lis. Sie sind alle gesund. Die zwey Fräulein haben der gnädigen Frau schon ihre Gratulation gemacht; der ältere junge Herr ist in die Schule gegangen; und der kleine — ich muß ihr Gnaden was sagen — der Ferdinandl, der Ferdinandel, der kann einen recht schönen Spruch.

Ehrenw. Einen Spruch! wer hat ihn gemacht?

Lis. Der Schreibmeister hat ihn gemacht.

Ehrenw. Das wird was schönes seyn!

Lis.

Lif. O ja, ihr Gnaden! er ist wunderschön, lu lauter Versen.

Ehrenw. Nu ja, ihr wird er gefallen.

Lif. Ey! er wird ihr Gnaden gewiß auch gefallen.

Ehrenw. (lachend) Einfältiges Mädel! (geht gegen das Zimmer seiner Gemahlinn.)

Lif. Ey! Ihr Gnaden werden es schon hören.

Vierter Auftritt.

Ehrenwerthinn, und die Vorigen.

Ehrenw. Eben recht, mein Schatz! eben wollte ich kommen, dir zu deinem Geburtstage zu gratuliren. Du schliefst heute so gut, als ich aufstund, daß ich dich nicht aufwecken wollte. Ich wünsche dir also itzt von Herzen Glück Der Himmel gebe, daß wir diesen Tag noch oft zu unserm Vergnügen erleben.

Ehrenwerthinn: Ich danke dir von Herzen, mein lieber Mann! habe mich nur allezeit lieb, und laß mich —

Ehrenw. Liebe du mich, wie ich dich, so kannst du versichert seyn, daß wir nie aufhören werden einander zu lieben.

Ehrenwerthinn. Du weißt, wie sehr ich dich liebe : heute noch würde ich dich allen Männern in der Welt vorziehen.

Ehrenw. Das freut mich von Herzen, mein
Kind. (er drückt sie an seine Brust) Ich danke dem Himmel tausendmal, daß er mich mit
einer so guten, so zärtlichen Gattinn gesegnet
hat. Ich wünsche mir kein größers Glück, als
lange noch in deinen Armen das Vergnügen des
zufriedensten Ehestandes zu genießen.

Ehrenwerthinn. Der Himmel gebe es! mein
liebster, mein bester Mann!

Ehrenw. Nun meine theure Liebe! wir wollen heute recht vergnügt seyn. Für itzt, mein
Kind! muß ich dich verlassen. Meine Geschäffte rufen mich —

Lis. (still) Wollen ihr Gnaden denn nicht
ehe hören, wie der junge Herr den Spruch auf-
sagt? Er ist recht schön.

Ehrenw. Wo ist er denn?

Lis. Ich will ihn gleich holen, wenn ihr Gnaden befehlen.

Ehrenw. So geh sie geschwind, mache sie,
daß er herkömmt.

Lis. Den Augenblick soll er da seyn. (ab)

Fünfter Auftritt.

Herr und Frau von Ehrenwerth.

Ehrenw. Was das närrische Mädel mit dem
Spruche treibt!

Eh-

Ehrenwerthinn. Was will sie denn mein Schatz!

Ehrenw. Der Ferdinandel wird dich mit einem Glückwunsche in Versen regaliren, und da hat das Mädel eine solche närrische Freude damit, sie sagt, er wäre so schön.

Ehrenwerthinn. Vielleicht ist er so übel nicht, als du glaubst.

Ehrenw. Es ist schon genug, daß ihn der Schreibmeister gemacht hat; der Mensch hat ein poetisches Aussehen, als wenn er der Erfinder der Dichtkunst wäre — Hier kömmt er, wir werden es gleich hören.

Sechster Auftritt.

Ferdinandel, Nannete, Cillerl, Lisette und die Vorigen.

Ehrenw. Geh her Ferdinandel! mache der Mama deine Gratulation, sage ihr deinen Spruch auf!

(Ferdinandl küßt beyden die Hände; giebt ein zusammgerolltes Papier her; nenunt beyde Hände in die Lenden, hebt eine nach der andern in die Höhe.)

Lis. Ihr Gnaden werden es gleich hören.

Ferd. Beglückter Tag, beglückte Stunden! Die sich nun wieder eingefunden;

Dieweil heut von meiner Frau Mama
Der glorreiche Geburtstag ist wieder da.
So komm ich dann als ein getreuer Sohn,
Die Frau Mama die kennt mich schon,
Daß ich — daß ich — (zur Lisette) Wie heißts
weiter?

    Lis. (still) Es von Herzen meyn.

    Ferd. Daß ich es von Herzen meyn,
Der Wunsch ist groß, bin ich schon klein.
Vivat die Frau Mama soll leben!
Vivat der Herr Papa darneben.
Vivant meine Schwestern, die Cillerl und die
        Nandel,
Und auch mein Bruder, das wünscht der Fer-
        dinandel.
      (küßt der Mama die Hand.)

    Ehrenw. (lachend) Das ist recht schön!
nur die letzten zween Verse waren ein wenig zu
lang.

    Lis. Ey ich wollte, daß sie noch so lang wä-
ren, ich könnte ihm den ganzen Tag zuhören.

    Ehrenwerthinn. Brav, brav, mein lieber
Ferdinandel! du hast es recht gut gemacht.
Warte! ich werde dir was schenken, ich komme
gleich wieder. Lisette! richte du deine Sachen.
(ab in ihr Zimmer)

    Lis. Ja ihr Gnaden! (ab.)

Fünf-

Fünfter Auftritt.

Ehrenwerth, Ferdinandel, Nannette, Cillerl.

Ehrenw. (zu den zwey Mädchen) Ihr habt der Mama schon gratulirt, wie ich höre?

Nann. Ja, Herr Papa!

Ehrenw. (zur Cillerl.) Hast du auch einen Spruch hergesagt?

Cill. Nein, Herr Papa! aber der Schreib-meister hat gesagt, auf das künftige Jahr wer-de er mir auch einen machen.

Ehrenw. Nu, nu! bis dorthin kann er schon was ausstudiren. — Sagt mir meine Kinder! könnt ihr alle eure Rollen noch gut auswendig?

Ferd. Ich kann meine aus der Perfektion.

Cill. Und ich kann die meine so gut, als der Ferdinandel.

Ehrenw. (zur Nannette) Und du große! du wirst dich hoffentlich nicht von deiner kleinen Schwester beschämen lassen?

Nann. Seyn sie ohne Sorgen, Herr Papa! wir werden alle unsre Sachen so gut machen, als wir können.

Ehrenw. Nu, das wird mich freuen. Nehmt euch nur wohl in Acht, meine Kinder! daß ihr der Mama nichts merken lasset. Sie wird eine desto größere Freude haben, wenn wir sie mit unsrer Komödie überfallen werden. Der Herr von Dormann hat mir versprochen, daß er die-

sen

sen Vormittag herkommen, und mit euch noch
einmal repetiren werde. Was für eine Freude
wird eure Mama haben, wenn sie — doch stille,
laßt bey Leibe nichts merken!

Achter Auftritt.

Frau von Ehrenwerth und die Vorigen.

Ehrenwerthinn. (giebt dem Ferdinandel
ein Zwieback) Hier, mein lieber Ferdinand!
gebe ich dir was: und dieses (giebt ihm einen
Dukaten) gehört für deinen Schreibmeister;
gieb ihms, wenn er herkömmt!

Ferd. (in einer Hand den Dukaten, in der
andern das Zwieback haltend) Das gehört dem
Schreibmeister?

Ehrenwerthinn. Ja! mache ihm ein Präsent
damit!

Ferd. Und das gehört mein?

Ehrenwerthinn. Dein gehörts, iß es mein
Kind! (er ißt es.)

Ehrenw. Einen Dukaten für diesen Spruch?

Ehrenwerthinn. Ich kann ihm ja nicht weniger geben.

Ehrenw. Mein Schatz! er ist nicht einen
Groschen werth.

Ehrenwerthinn. Was liegt daran? vielleicht
hat er ihm so viel Mühe gekostet, als etwas
rechtes.

Neunter Auftritt.

Chriſtoph, und die Vorigen.

Chriſt. (zur Ehrenwerthinn) Ihr Gnaden! die Frau von Caſpersberg läßt ſich melden, ſie will ihr Gnaden ihre Aufwartung machen.

Ehrenw. O! fangen die Viſiten ſchon an! es wird Zeit ſeyn, daß ich mich aus dem Staube mache. (zur Frau) Lebe indeſſen vergnügt! ich werde in kurzem wieder bey dir ſeyn. Kinder behüte euch der Himmel! (die Kinder küſſen ihm die Hände.)

Ehrenwerthinn. Komm doch bald zurück!

Ehrenw. So bald ich werde können. (ab)

Ehrenwerthinn. (zum Chriſt.) Sagt nur: es werde mir eine Ehre ſeyn, ſie bey mir zu ſehen. (Chriſtoph ab)

Ehrenwerthinn. Kinder, geht itzt in euer Zimmer! es werden unfehlbar mehr Leute kommen. Ich werde ſehen, euch heute eine Freude zu machen. Geht nur, und ſeyd hübſch fromm!

Nann. Ferdinandel geh mit mir. (Nannette und Cillerl nehmen ihren Bruder in die Mitte, und gehen ab.)

Zehn-

Zehnter Auftritt.

Frau v. Ehrenwerthinn hernach Caspersberginn, und dann Caspersberg.

Ehrenwerthinn. Ich will gern sehen, wer alles gratuliren kommen wird? — Die Caspersberg ist die erste. Ich muß also an ihrem Geburtstage auch recht früh zu ihr gehen.

Caspersberginn. (im Eintreten) Frau von Ehrenwerth! ich gratulire, ich gratulire.

Ehrenwerthinn. Ihre gehorsame Dienerinn! Frau von Caspersberg! —

Caspersberginn. Ich gratulire —

Ehrenwerthinn. Ich protestire, daß sie sich die Ungelegenheit machen, sich selbst herzubemühen. —

Caspersberginn. Es ist meine Schuldigkeit, ihnen aufzuwarten.

Ehrenwerthinn. Ich protestire wider alle Aufwartung.

Caspersberginn. Ich wünsche, daß sie ihren Geburtstag noch hundertmal erleben —

Ehrenwerthinn. Ich sage ihnen unterthänigen Dank.

Caspersberginn. Und bitte mich allezeit in ihren Gnaden zu erhalten.

Ehrenwerthinn Das habe ich zu bitten.

Caspersberginn. Unterthanige Dienerinn.

Ehrenwerthinn. Lassen sie sich nieder.

Ca

Caspersberginn. Unterthänige Dienerinn.

Ehrenwerthinn. Wie befindet sich der Herr Gemahl?

Caspersberginn. Mein Alter? der ist recht wohl auf, ihnen zu dienen! er ist eben auf dem Wege, ihnen seine Aufwartung zu machen.

Ehrenwerthinn. O das ist gar zu viel!

Caspersberginn. Unterthänige Dienerinn! es ist seine Schuldigkeit. Ich habe ihn nicht können mit mir fahren lassen, mein Strickrock nimmt den ganzen Wagen ein ─

Ehrenwerthinn. Hier kömmt er schon. (geht ihm entgegen) Bester Herr von Caspersberg! das ist in der That gar zu viel, daß sie sich her bemühen.

Caspersberg. Gehorsamst aufzuwarten, meine gnädige Frau! es ist meine Schuldigkeit.

Ehrenwerthinn. Ich protestire ─

Caspersberg. Gehorsamst aufzuwarten. Ich wünsche ihnen Glück zu ihrem Geburtstage, und wünsche, daß ─ daß ─ ich wünsche ─ alles, was ihnen meine Frau gewunschen hat.

Ehrenwerth. Ich bin ihnen unendlich verbunden für alle große Höflichkeit.

Caspersberg. Gehorsamst aufzuwarten, es ist meine Schuldigkeit. (zu seiner Frau.) Grüß dich Gott Schatz! (küßt ihr die Hand) du bist so stark ausgefahren, ich habe dich nicht einholen können.

Caspersberginn. Du bist ja itzt gleichwohl hier.

Ehrenwerthinn. Belieben sie sich niederzu= lassen, Herr von Caspersberg!

Caspersberg. Gehorsamst aufzuwarten, wenn sie es befehlen. (setzt sich nahe zu seiner Frau.)

Ehrenwerthinn. Sie müssen immer nahe bey der Frau Gemahlinn seyn.

Caspersberg. Gehorsamst aufzuwarten. Ich bin recht gern bey ihr.

Caspersberginn. Schweige! stelle dich nicht so kindisch vor den Leuten.

Caspersberg. Ich habe dich gern mein Schatz! nimm mirs nicht übel.

Caspersberginn. Schweige, sage ich dir! nehmen sie es ihm nicht ungnädig, Frau von Ehrenwerth! der Mann treibts mit seinen Ca= ressen, er läßt mich nicht einen Augenblick in Ruhe.

Ehrenwerthinn. Das soll ihnen wohl lieb seyn; dadurch zeigt er, daß er sie von Herzen lieb hat.

Caspersberg. Gehorsamst aufzuwarten! das ist wahr.

Caspersberginn. Ja, aber es ist mir nicht allezeit gelegen.

Caspersberg. Geh, geh! du stellst dich nur so: es ist dein Ernst nicht Schatz! ich kenne dich schon.

Caspersberginn. Pfui! schäme dich! führe dich vernünftiger auf, oder ich nehme dich in meinem Leben nicht mehr mit mir.

Caspersberg: Ach sey nicht böse mein Schatz! sey nicht böse! (thut ihr schön.)

Caspersberginn. Sehen sie nur, Frau von Ehrenwerth! was er treibt, ich schäme mich recht.

Ehrenwerthinn. Lassen sie ihm seine Freude sie sind ja seine Frau, und er ist in der That ein recht lieber Mann.

Caspersberg: Gehorsamst aufzuwarten! es ist so ihr Ernst nicht; nicht wahr, du hast mich gern?

Eilfter Auftritt.

Christoph und die Vorigen, hernach Signor Stuzica.

Christ. Ihr Gnaden! der welsche Herr ist braußen: er bittet um Erlaubniß, ihr Gnaden aufwarten zu dürfen.

Ehrenwerthinn. Der Signor Stuzica?

Christ. Ja, ihr Gnaden!

Ehrenwerthinn. Laß ihn hereinkommen; (Christ. ab.)

Caspersberginn. (zu ihrem Manne, der ihr schön thut.) Höre auf! es kömmt jemand. Führe dich gescheid auf, schäme dich, so närrisch zu thun!

Caspersberg. Eh! was frage ich darnach, es mag kommen, wer will; laß du mir meine Freude!

Caspersberginn. Laß mich mit Friede, sage ich dir.

Signor Stuzica. (zur Frau von Ehrenwerth) Illustrissima! mi prevaglio dell' occasione, che m' offerisce il suo natale, per rinovare il mio debito verso di lei, assicurandola della grandissima stima, que fò della sua amicitia: ma—

Ehrenwerthinn. Ich bin ihnen verbunden, Signor Stuzica!

Stuzica. Servitor umilissimo! ma non potendo essere il suo servo con utile, mi contento d'esserlo nell' interno del mio cuore, e di far voti ardenti per la di lei prosperità, & per quella della sua illustrissi na famiglia. Ich gratulire in der Grund von Erzen.

Ehrenwerthinn. Ich sage ihnen höflichen Dank, mein lieber Signor Stuzica! lassen sie sich nieder!

Stuzica. (ein Kompliment dem Herrn und Frau von Caspersberg.) Servitor umilissimo! (setzt sich.)

Caspersberg. Gehorsamster Diener!

Ehrenwerthinn. Frau von Caspersberg! kann ich sie mit einem Frühstücke bedienen?

Caspersberginn. Ich sage ihnen unterthänigen Dank.

Ehrenwerthinn. Sagen sie es aufrichtig, es wird mir eine Gnade seyn, sie zu bedienen.

Caspersberginn. Ich küße ihnen die Hand, ich habe wirklich schon zu Hause gefrühstücket: ich pflege niemals nüchtern auszugehen.

Ehrenwerthinn. Aber der Herr Gemahl?

Caspersberg. Gehorsamst aufzuwarten! meine Frau und ich, wir trinken ordinari miteinander zehn Schalen Milchcaffee, und ein halb Dutzend Kipfel dazu, so können wir schon bis zum Mittagessen aushalten.

Ehrenwerthinn. Ich bedaure, daß ich nicht das Glück haben kann, sie zu bedienen. Signor Stuzica! sie werden mir doch keinen Korb geben?

Stuzica. Ihr Radn! J bitt um eine Chioccolada.

Ehrenwerthinn. Sie sollen bedienet werden. He! Lisette!

Stuzica. Ma, J will nit incommodir die Kammerjungfer mit inack die Chioccolada. J bitt, laß ihr Radn nur geb mir eine Zeltel und eine Kipfel; i will schon selbst mack zu Haus.

Ehrenwerthinn. Wie es ihnen beliebig ist.

Zwölfter Auftritt.

Lisette und die Vorigen.

Lis. Was befehlen ihr Gnaden? (zur Frau von Ehrenwerth.)

B 1   Eh.

Ehrenwerthinn. Gieb dem Signor Stuzica ein Zeltl Schoccolade und ein Kipfel dazu.

Lis. (im Abgehen für sich) Das ist wahrhaftig ein recht diskreter Gast, den will ich gern bedienen! (ab)

Caspersberg. (zu seiner Frau) Du Schatz! das ist eine recht gute Invention, Schoccolade zu bekommen, ohne daß sie etwas kostet. Wenn ers alle Tage in mehrern Häusern so macht: so kömmt er das ganze Jahr umsonst durch, und kann noch mit Schoccolade negociren.

Caspersberginn. In der That, der Gedanke ist nicht übel.

Caspersberg. (zum Stuzica) Sie sind gewiß ein Welscher?

Stuzica. Signor si! per servirla.

Caspersberg. Das merke ich an der Sprache. Wie lang sind sie schon hier in Wien?

Stuzica. Zwanzig Jahre.

Caspersberg. Zwanzig Jahre! sie reden recht gut deutsch auf diese kurze Zeit.

Stuzica. Certo! Ick haben bald gelernt den deutschen Sprack. Aber die Leuten hier sind nickt so gelernick. Ick bin schon zwanzig Jahr hier, und die von hiesigen Leut haben nock nit gelernt meine Sprack.

Caspersberg. Das ist wahr! (zu seiner Frau) du! das ist kurios, was er sagt: zwanzig Jahre ist er schon hier, und wir können seine Sprache noch nicht!

Eh.

Ehrenwerthinn. Was giebts neues, Signor Stuzica! haben sie bey der letzten Ziehung keinen Terno gewonnen?

Stuzica. Na ihr Madn! i hab fehlt nur zwa Numero, so war i an Ambo gewinnt.

Ehrenwerthinn. Nur zwey? das ist wohl Schade.

Caspersberg. So ists mir schon oft gegangen; man hat mir aber gesagt, es wäre so viel, als wenn ich um zwanzig gefehlt hätte.

Stuzica. O, i will schon erwisch, itzt hab ich ane Cabala, die sag mir, was für Numero kommt heraus.

Caspersberg. Eine Cabala?

Caspersberginn. O sie könnten uns wohl auch sagen, was für Numero herauskommen werden.

Stuzica. Ick hab noch nit mack von alle fünf Numero. Ick waaß nur drey.

Caspersberg. Es ist das schon genug, wenn man einen Terno weiß.

Caspersberginn. Sagen sie uns die drey, die sie wissen.

Stuzica. Es kommt heraus den Dreyer, den Siebifener, und den Ewanziger.

Caspersberg. Drey, siebenzehn, zwanzig, merk dirs wohl Schatz!

Caspersberginn. Die werde ich gleich setzen, und wenn ich damit gewinne, werde ich ihnen ein recht schönes Präsent machen.

Ehrenwerthinn. Wenn ich versichert wäre, daß sie gewiß heraus kämen: so wollte ich auch was darauf setzen.

Caspersberg. Die Cabala sagts ja.

Stuzica. Mir ist leid, ihr Nadn! den Dreyer und Siebisener ist schon sperrt.

Ehrenwerthinn. Schon gesperrt? auf diese Art nutzt es uns nichts sie zu wissen.

Caspersberg. Das ist doch ein rechtes Unglück, daß die guten Numero allezeit gesperrt seyn müssen!

Lis. (mit dem Schocolade zetl, und Aepfel auf einem Teller, reicht es dem *Stuzica*) Hier sind sie bedient.

Stuzica, Ringrazio Illustrissima! lo mangero alla sua salute. (steckts ein) Ma adesso ihr Nadn! i will nit mehr Ungelegenheit mackn ihr Nadn.

Ehrenwerthinn. Leben sie wohl! suchen sie mich bald wieder heim!

Stuzica. Servitor umilissimo. (zu Herrn und Frau von Caspersberg) Servitor umilissimo. (ab)

Caspersberg. (zum *Stuzica*) Servus. (zur Frau) Der wird noch weiter auf die Sammlung herumgehen.

Caspersberginn. Wir wollen ihnen auch nicht länger Ungelegenheit machen, Frau von Ehrenwerth!

Ehrenwerthinn. Wollen sie denn schon fort
Cas=

Caspersberg. Gehorsamst aufzuwarten, wir müßen gehen.

Caspersberginn. (zum Manne.) Geh du voraus! ich werde gleich nachkommen. Ich kann dich ohnehin nicht mit in den Wagen nehmen.

Caspersberg. Behüt dich Gott, Schatz! komm bald nach! gehorsamster Knecht meine gnädige Frau!

Ehrenwerthinn. Leben sie wohl, Herr von Caspersberg!

Caspersberg. (bey dem Ausgange.) Schatz! komm bald nach! (ab.)

Ehrenwerthinn. (zur Caspersberginn.) Der Herr Gemahl hat sie über alles lieb. Sie sind in der That eine recht glückliche Frau.

Caspersberginn. Ich muß bekennen, daß er mich ungemein in Ehren hält. Er ist zwar nicht mehr jung; aber so gefällig wie ein Liebhaber. Er thut mir alles, was er mir an den Augen ansieht: auch bin ich recht wohl mit ihm zufrieden.

Ehrenwerthinn. Ich wünsche es ihnen von Herzen.

Caspersberginn. Unterthänige Dienerinn! Nun will ich gehen; damit ich bald nach Haus komme sonst wartet er sich zu tod auf mich. Ich habe noch ein Visite zu machen, die mir auch eine halbe Stunde wegnehmen wird. Ich will mich also unterthänig empfehlen —

Eh=

Ehrenwerthinn. Ich will sie nicht wieder ihren Willen aufhalten. Jedoch —

Casparsberginn. Ich werde mir ein anders=mal die Freyheit nehmen, ihnen aufzuwarten. Indessen wünsche ich, daß sie sich heute recht gut divertiren mögen.

Ehrenwerthinn. Ich bleibe ihre Dienerinn.

Casparsberginn. Unterthänige Dienerinn, unterthänige Dienerinn! (ab.)

Dreyzehnter Auftritt.

Ehrenwerthinn, Lisette.

Ehrenwerthinn. Wäre mir dieser Tag schon vorüber! Wie ist man doch von lauter Höflich=keiten, und Komplimenten schenirt!

Lis. Ey! warum machen es ihr Gnaden nicht, wie viele andere Frauen, die sich an der=gleichen Tagen aufs Land begeben, oder sich zu einer guten Freundinn retiriren, die Ungele=genheit zu vermeiden sich angratuliren zu lassen?

Ehrenwerthinn. Du hast recht, Lisette! die=ses hätte ich thun sollen. Ein andersmal soll es gewiß geschehn.

Lis. Ihr Gnaden werden recht wohl daran thun! ihr Gnaden werden die Komplimente und das Frühstück ersparen.

Ehrenwerthinn. Hier kömmt schon wieder jemand.

Lis. Es ist der Herr von Dormann. (ab.)

Vier=

Vierzehnter Auftritt.

Ehrenwerthinn, Dormann.

Ehrenwerthinn. Herr von Dormann, ich hoffe nicht, daß sie sich nur herbemühen, mich mit einer Gratulation —

Dormann. Nein, gnädige Frau! wer ihnen jeden Tag, jeden Augenblick alles Gute wünschet, wie ich, der hat nicht nöthig es an ihrem Geburtstage zu wiederholen. Ich komme einzig und allein, ihnen meinen gewöhnlichen Besuch abzustatten, und mich zu erkundigen, wie sie, der Herr Gemahl und dero liebenswürdige junge Familie sich befinden.

Ehrenwerthinn. Mein werthester Herr von Dormann! sie sind sich immer gleich, immer der aufrichtige, der wahre Freund unsers Hauses; bey jeder Gelegenheit wissen sie sich zu unterscheiden.

Dormann. Wie glücklich bin ich, daß sie mich nicht verkennen; daß sie mein Betragen so gut aufnehmen, das von einer weniger edlen Denkungsart, als der ihrigen, für einen Mangel der Lebensart, ja gar für einen Fehler würde gehalten werden. Bey ihnen aber darf der Mund sprechen, wie das Herz denket. Wir wollen itzt von keinem Geburtstage was melden. Mir wenigstens, gnädige Frau! ist jeder Tag, an dem ich jemand von ihrer Familie sehe, ein

Tag der Freude, ein Tag des Vergnügens: und ihnen, als einer angebeteten Göttin, als einer glücklichen Mutter muß jeder Augenblick eine neue Quelle der Glückseligkeit seyn.

Ehrenw. Was für ein angenehmes Bild machen sie mir von meinem Glücke! setzen sie noch zur Gattin, und Mutter, die Freundinn Dormanns, so wird es vollkommen seyn.

Dorm. Zu viel Güte, gnädige Frau, zu viel —

Funfzehnter Auftritt.

Die Vorigen, Christoph, hernach Plauder-bachinn.

Christoph. Ihr Gnaden! die Frau von Plau-derbach kömmt; sie ist schon auf der Stiege.

Dorm. Die Frau von Plauderbach? Erlauben sie mir, gnädige Frau, daß ich mich entferne.

Ehrenw. Wie? sie wollen mich verlassen? so geschwind?

Dorm. Gnädige Frau! ich kann ihnen nichts verbergen. Nehmen sie mirs nicht übel, die Frau von Plauderbach schwatzt mir zu viel. Ich möchte ihre beissende Zunge nicht ertragen kön-nen.

Ehrenw. Eben deswegen bitte ich sie hier zu bleiben; die Gesellschaft eines vernünftigen Freundes wird mir einen solchen Besuch erträg-lich machen; bleiben sie!

Dorm.

Dorm. Ihnen zu Gefallen —

Ehrenw. Sie ist eine alte Bekanntschaft, von der ich mich schon hundertmal los machen wollte, aber ich kann es nicht zuwege bringen. Ich muß nur —

Plauderb. Ehrenwerthinn, ich gratulir, ich gratulir, ich wünsch dir Glück zu deinem Geburtstag, ich wünsch dir Glück.

Ehrenw. Das hätte ich nicht verhofft, daß du dich meinetwegen her bemühen solltest, meine liebe Plauderbachinn.

Plauderb. Was? ich deine beste Freundinn soll dir nicht gratuliren kommen? daß wäre schön, das wäre eine Wirthschaft.

Ehrenw. Du machst dir allzuviel Ungelegenheit.

Plauderb. Schweig, schweig! das wäre schön! ich habe dich allzu lieb. Siehst, was ich dir für eine Galla mache; schau mich einmal an, schau mich an: (dreht sich um.)

Ehrenw. Du bist recht schön aufgeputzt.

Plauderb. Gelt, ich bin schön, gelt, ich bin schön? das ist ein nagelneues Kleid, nagelneu! ich habs ers heut das erstemal an.

Ehrenw. Du bist recht galant!

Plauderb. Gefälts dir, gefällts dir?

Ehrenw. Unvergleichlich!

Plauderb. Das freut mich, das freut mich. Was sagst denn zu der Garnirung? schau sie einmal an, schau sie an!

Ehrenw.

Ehrenw. Wunderſchön.

Plauderb. Gelt, ſie iſt allerliebſt, gelt?

Ehrenw. Das iſt gewiß, du biſt von einem recht guten Guſto.

Plauderb. Ey, das will ich hoffen, ich habe ſie bey einer Franzöſinn machen laſſen; koſtet mich neun Dukaten, neun Dukaten.

Ehrenw. Das iſt nicht viel.

Plauderb. Was ſagſt denn zu meiner Hau⸗ ben? gefällts dir, gefällts dir?

Ehrenw. Laß ſehen; das iſt ein ſcharmanter Spitz!

Plauderb. Gelt er iſt ſchön, gelt er iſt ſchön? was meynſt, daß er mich koſtet, was meynſt, rath einmal, rath!

Ehrenw. Dieſer Spitz iſt ſeine 60. Dukaten werth.

Plauderb. (lachend.) Um 24. hab ich ihn gekriegt, denk nur, um 24.

Ehrenw. Um 24! du biſt recht glücklich, er iſt geſchenkt um dieſes Geld.

Plauderb. Ey! das hab ich wohl gewußt, ſonſt hätt ich ihn nicht genommen. In einer Licitation hab ich ihn gekriegt, in einer Licita⸗ tion. Gelt, ich kann gut einkaufen, gelt?

Ehrenw. Er könnte nicht ſchöner ſeyn.

Plauderb. Nu, das freut mich, daß er dir gefällt. Was ſagſt denn zu meiner Friſur? wie bin ich aufgeſetzt?

Dor⸗

Dormann. (Die wird heute nicht mehr fertig mit ihrem Aufpuße)

Ehrenw. Recht herzig, du haſt gewiß einen Friſeur?

Plauderb. Ey bey Leib! die Läuferinn hat mich aufgeſeßt; ſie iſt ein gar geſchicktes Weib. Wenn man ſie nur allezeit haben könnte; ſie hat recht viel zu thun, recht viel zu thun.

Ehrenw. Sie wird auch ſehr pretios ſeyn, und wird ſich gut bezahlen laſſen?

Plauderb. Ich geb ihr nicht mehr, als zwey Siebenzehner, aber ich darfs keinem Menſchen ſagen; ſie thuts ſonſt nicht anders, als um viere; ich bin recht wohl mit ihr zufrieden; aber ſie ſeßt recht ſchön auf; recht ſchön, recht ſchön!

Ehrenw. Du biſt um und um ſchön, ich mag dich betrachten, wo ich will.

Plauderb. Ach ißt muß ich dir eine Reverenz darauf machen. (beugt ſich affektirt) Deine gehorſame Dienerinn.

Dormann. (Was für Ausſchweifungen!)

Ehrenw. Iſt dir beliebig, dich niederzulaſſen?

Plauderb. (indem ſie ſich um den Seſſel umſieht, zum Dormann) Ihre Dienerin: (ſeßt ſich.)

Dorm. Unterthäniger Diener! ich machte ihnen ſchon etlichemal mein Kompliment, und
hatte

hatte die Ehre nicht, von ihnen bemerkt zu werden.

Plauderb. Ich bitte um Verzeihung: ich habe da zu reden gehabt. (zur Ehrenwerthinn, indem sie sich umsieht) Aber, was ist das? sieht man denn heut kein Frühstück bey dir?

Ehrenw. Mit was kann ich dir aufwarten?

Plauderb. Ich bitte dich um eine Schale Caffee: aber nimm mirs nicht ungnädig, daß ichs verlange; nimm mirs nicht ungnädig!

Ehrenw. Es ist mir eine Gnade! den Augenblick sollst du bedienet werden, ich werde gleich wieder aufwarten. (ab.)

Sechszehnter Auftritt.

Plauderbachinn und Dormann.

Plauderbachinn. Mich wunderts, es geht sonst so galant zu in diesem Hause; und es ist nicht einmal ein Frühstück auf dem Tische, wenn man zum gratuliren kömmt.

Dorm. Es ist viel, daß sie so lange gewartet, und zu Hause nicht schon gefrühstücket haben.

Plauderb. Ich will ihnen sagen, ich bin gewöhnt täglich um 8. Uhr im Bette meine Schokolade zu nehmen; und bevor ich ausgegangen bin, hab ich ein Stück Röstbratl gegessen. Aber das drückt mich so entsetzlich im Ma-

gen,

gen, daß ich schier nicht Athem schöpfen kann.
Ich muß was haben zum hiunterschwappen,
ich muß was haben.

Dorm. Auf diese Art werden sie zu Mittage
keinen großen Appetit haben?

Plauderb. (Was? der tractirt mich per Sie?
das muß ich ihm zu verstehen geben.) Das
Nämliche hat mir heut der Baron Schuschu ge=
sagt. Ihr Gnaden, sagte er, ihr Gnaden
werden zu Mittag keinen Appetit haben; ihr
Gnaden, sagte er zu mir, ihr Gnaden werden
sich den Magen verderben, und ich fürchte, ihr
Gnaden, sagte er, werden krank werden.

Dorm. Das könnte wohl geschehen; doch
scheinen sie mir ein sehr gesundes Temperament
zu haben.

Plauderb. Wer sie?

Dorm. Sie sie, Frau von Plauderbach!

Plauderb. (sie stutzt, hält ein wenig inne)
Verzeihen sie mir! so redt man nicht mit Frauen
meines gleichen.

Dorm. Wie? worinnen habe ich sie beleidi=
get? ein gesundes Temperament ist ja _

Plauderb. Ey was gesundes Temperament!
der Baron Schuschu weiß mehr Lebensart _

Sie=

Siebenzehnter Auftritt.

Frau von Ehrenwerth, Lisette und die Vorigen.

Ehrenwerthinn. Hier meine liebe Plauder=
bachin! bist du bedient. Laß dirs schmecken.
(Lisette reicht ihr eine Tasse Caffee.)

Plauderbachinn. Bey dir muß einem alles
schmecken. Bey dir ist alles köstlich — (indem
sie Lisetten betrachtet) Ey was für ein schönes
Mädel! (zur Ehrenwerthinn) du mußt gar
nicht häcklich seyn auf deinen Mann, daß du
so ein blutjunges Mädel in Diensten hältst.

Ehrenw. Das wäre übel, meine liebe Pläu=
derbachinn, wenn ich meinem Manne nicht
trauen dürfte.

Plauderb. Es ist wahr, du bist jung; du
bist schön; aber den Männern muß man doch
nicht trauen. Meine liebe Ehrenwerthinn! ei=
ne vernünftige Frau nimmt ihr Lebtag kein schö=
nes Mädel auf, und in die Stube schon gar
nicht, da ists am allergefährlichsten.

Dorm. Sie scheinen mir ein sehr geringes
Vertrauen auf den Charakter des Herrn von
Ehrenwerth zu setzen, wenn sie —

Plauderb. Verzeihen sie mir, ich habe nicht
mit ihnen geredt.

Ehrenw. Es ist nur dein Scherz, ich weiß,
daß du ganz anders denkest.

Plau=

Plauderb. Nein, nein, Spaß und Ernst! das Principi hab ich schon an meinem Ehren=tage gehabt, und ich habe mich allezeit gut da=bey befunden. (giebt **Lisetten** die Schale) Ich danke ihr meine Liebe — Was kann sie denn — kann sie aufsetzen?

Lis. Einen Tupe kann ich machen, ihr Gna=den! und mit der Putzwäsche umgehn.

Plauderb. Sonst nichts, als einen Tupe? sonst nichts?

Lis. Hm! meine gnädige Frau ist mit mir zufrieden, und das ist mir genug. (geht ab.)

Plauderb. Sie ist ziemlich geschnappig mit ihrem Gesichtl. Es ist doch ein rechtes Elend, daß kein Mensch zu bekommen ist, die gut auf=setzen könnte: wenn auch eine ein wenig was kann, so will sie schon nicht als Stubenmensch einstehn, gleich wie sie den Jungferntitel ha=ben. — Apropos! was hat dir dein Herr für ein Präsent gemacht zu deinem Geburtstag? was für ein Präsent?

Ehrenw. Keines.

Plauderb. Was? nichts? nichts hat er dir geschenkt? nichts? das wär mir lieb, das hätte mir der Meinige thun sollen: sechs Wochen hätt ich ihm kein gutes Gesicht gemacht.

Ehrenw. Was soll er mir schenken? er läßt mir ja ohnehin nichts abgehn.

Plauderb. Ey! das muß man den Männern nicht schenken. Die Geburtstage — Namens=

tage

tage — neue Jahrs = und Kindelbettpräsente
muß man nicht abkommen laffen; das muß
man den Männern nicht schenken. Das wär
mir lieb — das könnt mich haben! du bist gar
eine gute Närrinn; das thäte die hunderste
nicht. Wie wirst heut deinen Geburtstag zu=
bringen — was wirst machen? was wirst ma=
chen?

Ehrenw. Ich weiß es selbst noch nicht,
was etwann mein Herr —

Plauderb. Das weißt du noch nicht? was—

Dorman. Ich glaube, sie wird heut ei=
ne Komödie —

Plauderb. In die Komödie willst du gehen?
das rath ich dir wohl nicht; da find ich wohl
keine Freude daran; ich bin neulich in einer
gewest, die war recht zum Frääß kriegen;
mein Lebtag haben mich fünf Siebenzehner
nicht so gereuet, als die ich für diese Dalke=
rey ausgegeben habe — wart, wie hat sie nur
geheissen? — ja, die Haushaltung nach der
Mode, das war was abscheuliches!

Ehrenw. Ich habe sie nicht gesehen, aber
der Herr von Dormann hat mir gesagt, daß
sie nicht so übel wäre.

Plauderb. Verzeihen sie mirs! es war ei=
ne abscheuliche Dalkerey.

Dorm. Mich hat sie zimlich unterhalten.

Plauderb. Hm! wie sie schaffen!—Ich habe mein Lebtag nichts einfältigers gesehen. (zu Ehrenwerthinn) Denk nur, da bringt der Mann auf die letzt seiner Frau das Frühstück, die Jausen, Schokolade, Caffee und alles ab: hat man wohl sein Lebtag was einfältigers gesehn?

Dorm. Eben diese Stelle gefiel mir am allerbesten. Das ist ein sehr guter Rath für die geplagten Männer, wie sie ihre bösen Weiber demüthigen können.

Plauderb. Ey mein! was sie sagen! böse Weiber! das ist wohl impertinent!

Dormann. steht auf (zur Ehrenwerthinn) Gnädige Frau! erlauben sie, daß ich ihrer liebenswürdigen Jugend einen Besuch mache.

Ehrenw. Nach ihrem Belieben, Herr von Dormann.

Dorm. Ich empfehle mich unterthänig. Gehorsamer Diener Frau von Plauderbach! (geht ab.)

Achtzehnter Auftritt.

Plauderbachinn, Ehrenwerthinn.

Plauderbachinn. Du! sag mir: ist der Mensch ein Gelehrter, daß er so impertinent moralisirt? ich kann das kritisiren nicht leiden.

C 2　　　　　Ehren=

Ehrenwerthinn. Nimm ihms nicht ungnä=
dig; er hat es nicht übel gemeynt.

Plauderb. Nein! der wäre nicht mein Mann!
— er hat keine Lebensart, keinen Respekt fürs
Frauenzimmer. Er kommt, er geht, er küßt
einem nicht einmal die Hand. Der wäre mir
der rechte; der könnt mich haben! Es ist gut,
daß er weg ist. Er hat mich völlig aus meinem
Diskurs gebracht. Von was haben wir denn
geredt? Ja, sag mir doch: was wirst du heut
machen? wirst du nicht eine Gesellschaft geben?

Ehrenw Ich befürchte, es ist schon zu spät
die Einladung zu machen.

Plauderb. Ey! es ist noch früh genug, du
wirst Leute genug bekommen, ich angaschire mich
gleich, ich komme dir gewiß. Heut schickt sichs
am allerbesten: dein Geburtstag, und du sollst
keine Gesellschaft geben, das wäre schön! du
mußt Gesellschaft geben, du magst es machen,
wie du willst.

Ehrenwerthinn. Ich thät es gern, aber ich
weiß nicht, ob es meinem Herrn recht seyn wird.

Plauderbachinn. Warum solls ihm nicht recht
seyn? das wäre schön! er soll wohl selbst so
gescheid seyn, darauf zu denken. An ihrem
Geburtstag muß die Frau gar nicht fragen; es
ist ohnehin der Gebrauch, daß man an einem
solchen Tage Gesellschaft giebt. Zudem wärest
du mir über zehn Gesellschaften schuldig, wenn
du mir alle abzahlen solltest. Ich weiß bald
                                    nicht

nicht mehr, was ich von dir denken soll? du
kommst völlig von der galanten Lebensart her,
unter; man sieht dich nirgends mehr. Mir
kömmt vor, du willst dich völlig von uns ab=
schraufen.

Ehrenw. Bey Leibe nicht! ich weiß wohl,
daß ich deine Schuldnerinn bin, aber —

Plauderb. Komm mir nur mit keinem Aber,
ich bitte dich, ich bitte dich.

Ehrenw. Ich befürchte, ich werde keine Leu=
te mehr bekommen, es ist zu spät.

Plauderb. Es ist noch Zeit genug zum Her=
umschicken. Es werden dir noch Leute genug
— Hier kommt just jemand, den du einladen
kannst.

Neunzehnter Auftritt.

Die Vorigen und Baron Schuschu.

Plauderb. Sind sie schon angagirt auf heut
Abends, Baron Schuschu!

Baron Schuschu. Noch nicht gnädige Frau!

Plauderb. Nu sie sind eingeladen heut Abends
auf ein Spiel bey der Frau von Ehrenwerth.

Bar. Schus. Es wird mir eine Gnade seyn
aufzuwarten, und ihnen —

Plauderb. Hörst es, der kommt dir schon.

Bar. Schus. Und ihnen ihren Geburtstag
celebriren zu helfen. Ich gratulire ihr Gnaden

C 3   von

von Herzen, und wünsche, daß ihr Gnaden
ihn noch millionenmal erleben mögen.

Ehr. O das ist gar zu vie gewünschet! ich
bleibe ihnen verbunden für ihre gute Meynung.

Plauderb. O macht mir nur nicht viel Kom=
plimente. Er wünscht, was der Brauch ist,
und du bedankst dich, und giebst eine Gesell=
schaft —

Ehrenw. Weil du es durchaus haben willst,
werde ich dich bedienen, so gut ich werde kön=
nen. Du mußt vorlieb nehmen —

Plauderb. Ey! ich weiß es schon: bey dir ist
allezeit ein starker Auflauf, bey dir gehts nobl
zu. Du läßt braf auftragen. Baron Schuschu,
bleiben sie ja nicht aus.

Bar. Schus. Ich gebe meine Kavaliersparo=
le! ich werde gewiß kommen.

Plauderb. Ich will dir gleich sagen, wen du
alles einladen sollst. Gehn sie Baron Schuschu,
holen sie das Zettel herein. (gehet ab.) Wer
nicht hergeschickt hat, den mußt du nicht einla=
den.

Ehrenw. Auf das gebe ich nicht Acht.

Plauderb. Ich wohl. Ich hebe das Zettel
fleißig auf, und wer nicht zu mir schickt, zu dem
schick ich auch nicht. Eine Höflichkeit erfordert
die andere. (zum Baron Schuschu, welcher
zurück kömmt) Gehn sie her, Baron Schuschu!
lesen sie die Namen nacheinander herunter!

Bar

Baron Schuf. Ich soll lesen? ich bitte um Verzeihung! ich kann die Laquayenschriften nicht lesen.

Plauderb. Geben sie es mir! ich kann perfekt lesen. Ich übergehe alle Wochen meinen Gratulationszettel, damit ich nicht vergesse, wer geschickt hat. Sie liest, (Baron Schuschu — Wie? Sie sind der erste?

Bar. Schuf. (für sich.) Verteufelt! ich habe mich erst aufgeschrieben (zur Plauderb.) Ich habe meinem Bedienten befohlen in aller Frühe herzugehn.

Plauderb. Da sieht man, was ein Kavalier ist! Herr und Frau von Caspersberg. Die Caspersberginn hätte schon selbst hergehen können.

Ehrenw. Sie war hier, und ihr Herr auch.

Plauderb. Ja, war sie hier? Ach! sie ist gar ein gescheides Weib! die weiß ihren Mann zu regieren, er kann von Glück sagen, daß er eine solche Frau bekommen hat.

Baron Schuf. Ja ja! er ist recht im Joche. Aber es geschieht ihm recht, warum hat der alte Narr ein junges Weib genommen?

Plauderb. Ey! er ist ein recht guter Mann, der seine Frau in Ehren hält. (Herr und Frau von Ebenholz sammt der Fräule.) Diese werden dir wohl nicht kommen.

Ehrenw. Warum nicht?

Plauderb. Wie könnte sie sich denn an einem Gallatag sehn lassen, sie hat ja nichts anzule=

C 4   gen,

gen, die arme Närrinn! Er läßt ihr ja nichts machen.

Baron Schuf. Sie wird doch wenigstens ein sauberes Kleid haben?

Plauderb. Nichts, nichts hat sie anzulegen, sag ich ihnen. (zur Ehrenwerthinn.) Deswegen geht sie auch nirgends hin, als am neuen Jahrstag zu ihrer Schwiegermutter, und da nimmt sie den Aufputz zu leihen.

Ehrenw. Ey! das kann ich schier nicht glauben.

Plauderb. Ich sag dir's, ich versichere dich: ich selbst habe ihr schon Tatzeln, Hauben, Strickrock und Geschmuck geliehen, mit ihrer Garderobe kann sie nicht einmal einer Katze Galla machen, geschweige denn unser einem.

Bar. Schuf. Die arme Frau ist recht zu bedauern.

Plauderb. In der That! sie führt ein recht unglückseliges Leben. Sie sitzt beständig zu Haus. Er will nicht haben, daß sie ausgehen, daß sie spielen soll. Das wär mir lieb! Was soll man denn thun? lesen? — das kann man nicht stets — und diskuriren? da heißt es, man richte die Leute aus. Ich möchte wissen, was man thun soll, das den Männern recht wäre? Die arme Närrinn ist recht unglücklich verheirathet. Aus ihrer Tochter ziehen sie auch was schönes. Das Mädel ist ein pures Hottschoperl. Was

hörst

hörst du, wird noch was daraus werden aus der Mariasch mit dem iungen Liebesthal?

Ehrenw. Ich kaun dir nicht dienen, ich höre gar nichts.

Plauderb. Ich höre, die Aeltern wollen ihm das Mädel nicht geben, er hat noch zu wenig Einkünfte.

Ehrenw. Sein Dienst trägt ihm doch jährlich zweytausend Gulden.

Plauderb. Ist das was? Mit zweytausend Gulden können sie nicht leben. Sie müßen doch ein Quartier wenigstens von acht oder zehn Zimmern haben, wie könnten sie denn sonst Leute empfangen, und Gesellschaft geben? Roß und Wagen — zwey Laquayen — in der Kleidung kann man auch nicht schlecht dahergehn — ja! da geht was auf. Die Aeltern haben recht. Ich gäbe sie nicht her, bis nicht einer kömmt, der wenigstens viertausend Gulden Einkünfte hat, sonst gehts ihr wie ihrer Mutter.

Ehrenw. Die Aeltern werden ihr hoffentlich auch was mitgeben?

Plauderb. Ja was? haben sie doch nichts. Er hat nichts, als seine Besoldung, und sie hat auch nichts von Haus: itzt möcht ich wißen, was sie ihr geben könnten?

Bar. Schuf. Aber die Parthien von viertausend Gulden sind sehr rar, gnädige Frau! Ich habe unlängst die ledigen Mannspersonen, deren Einkünfte sich auf zweytausend Gulden er-

stre-

strecken, zusammen gezählt, ich habe die siebenzig- und achtzigjährigen Wittwer und alle abgestandenen jungen Gesellen dazu genommen, und mit großer Mühe habe ich kaum etlich und sechzig zusammen gebracht. Aber Fräulein, welche Männer mit wenigstens zweytausend Gulden Einkünften prätendiren, zählte ich in einer Stunde mehr als sechshundert.

Ehrenw. Ist das möglich?

Baron Schuf. Bey meiner Ehre! Auf solche Art müßen ja die meisten übrig bleiben, oder sie dürfen nicht so spröde seyn.

Plauderb. Es giebt Männer genug. Herr und Frau von Hadersheim. Das ist wohl ein dummes Weib die Hadersheiminn! Denk nur! neulich spiel ich mit ihr Trist mit der Continuation. Ich habe das Ansspielen gehabt, und invitir mit dem Pickdreyer — sie hat den Zweyer in der Hand, und giebt ihn nicht her —

Baron Schuf. Das war ein großer Fehler!

Plauderb. Aufgelegt wärs Callada gewest — und wegen der Dalkerey mußt ich zuletzt ein Stramazett zahlen.

Bar. Schuf. Ach, das war verteufelt!

Plauderb. Ich habe geglaubt, der Schlag trifft mich.

Ehrenw. Es ist wahr, es ist verdrießlich mit jemand zu spielen, der es nicht kann.

Plauderb. Ey, wer wird denn so malaprovos sein Geld verlieren? Das wär mir lieb!

dritt-

dritthalben Gulden hab ich mit ihr verloren. —
Du mußt mir heut zum Spielen geben, wen
ich verlange. Ich muß heut meinen Revansche
haben, kutcikut. Frau von Kirschenkern sammt
ihrer ganzen Familie. Die wirst du hoffentlich
nicht einladen! Die Leute schreiben sich von, und
sind nicht nobilitirt. Mit denen kann ich nicht
zusammkommen; sie sind nicht meines gleichen.

Baron Schuf. Das hat 'nichts zu bedeuten.
Heut zu Tage nobilitiren die Leute sich einander
selbst: man darf kein Prädikat mehr kaufen.

Planderb. (Nachdem sie für sich gelesen.)
Seht doch! die Frau von Schlüßelbart schickt
auch her. Die hat mich neulich eingeladen, und
setzt mir eine ordinaire Frau von auf dem Kan=
nape vor — und ich als Edle Frau von habe
müßen gegenüber sitzen. Aber ich werde es ihr
schon merken. Sobald ich wieder Gesellschaft
gebe, setze ich sie, so wahr ich Plauderbachinn
heiße, an den letzten Tisch. Ich will sie lehren,
was der Brauch ist. Frau von Niederburg
und' — Die Niederburg! die bildet sich recht
viel ein! Das Weib hat eine Hoffart! Denk nur!
vier Wochen ist sie mir schon eine Visite schul=
dig, und vor drey Tagen giebt sie eine Gesell=
schaft, und ladet mich nicht ein. Aber ich wer=
de sie schon kriegen. Ich will expresse, ihr zum
Trotz, eine Gesellschaft geben; sie soll mir ge=
wiß nicht dazu kommen; das wird sie recht ver=
drießen, und das will ich just haben. — Sie

hat

hat gar nicht Ursache so hoffärtig zu seyn. Man
weiß ja, daß sie nicht weit her ist. Sie hat keine
Lebensart: es schaut noch immer das Stuben=
mensch aus ihr heraus. Es soll ihr eine Gna=
de seyn, wenn ich mit ihr umgehe, die gute
Niederburginn.

Zwanzigster Auftritt.

Die Vorigen, Christoph, hernach Nie= derburginn.

Christoph Ihr Gnaden! die Frau von Nie=
derburg kömmt.

Baron Schuf. Das ist gut! die kömmt eben
recht. Das wird eine schöne Entrevue werden.

Niederburginn. Verzeihen sie mir, Frau von
Ehrenwerth! daß ich so spät komme ihnen meine
Gratulation zu machen. Ich konnte unmöglich
früher ausgehen.

Ehrenw. O ich protestire wider die Ungele=
genheit, die sie sich meinetwegen machen.

Niederb Ich bitte unterthänig um Verzei=
hung. Ich gratulire ihnen von Grund meines
Herzens.

Ehrenw. Ich sage ihnen unterthänigen Dank.

Niederb. (zur Plauderbachinn.) Unterthäni=
ge Dienerinn Frau von Plauderbach!

Plauderb. Ganz gehorsamste Dienerinn, Frau
von Niederburg! (sie embraßirt sie.)

Ba=

Baron Schuf. (das heiße ich Lebensart besi=
ßen.)

Plauderb. Es freut mich von Herzen, die
Gnade zu haben, sie zu sehen. Wie befinden sie
sich!

Niederb. Zu dero Befehl. Ich bitte um Ver=
zeihung, Frau von Plauderbach! daß ich ihnen
die Visite noch nicht restituirt habe. Ich —

Plauderb. Es hat nichts zu sagen. O da geh
ich gar nicht darauf.

Niederb. Ich bin die ganze Zeit nicht aus dem
Hause gekommen. Ich werde aber nächstens mei=
ne Schuldigkeit ablegen.

Plauderb. O ich bitte, lassen sie sich Zeit. Ich
denke gar nicht darauf. Ich prätendire in dem
Visitenrestituiren keine so große Akkuratesse.

Niederb. Frau von Ehrenwerth! nehmen sie
mirs nicht übel, daß ich sie so geschwind verlasse —

Ehrenw. Wollen sie schon wieder fort?

Niederb. Ich kann mich nicht aufhalten. Es
ist schon spät, und ich habe noch nothwendige
Geschäffte zu verrichten. Ich werde mir ein an=
dersmal die Freyheit nehmen ihnen länger auf=
zuwarten.

Ehrenw. Es wird mir allezeit angenehm seyn.
Wollen sie mir die Ehre erweisen, heut Abends
auf ein Spiel zu mir zu kommen, so —

Niederb. Wenn sie erlauben, so werde ich ih=
nen aufwarten.

Eh=

Ehrenw. Ich bitte mirs aus, den Herrn Gemahl auch mitzubringen.

Niederb. Wenn sie es befehlen, so wird er kommen ihnen sein Kompliment zu machen Ich empfehle mich unterthänig zu Gnaden. Frau von Plauderbach! ich bin ihre gehorsamste Dienerinn.

Plauderb. Gehorsamste Dienerinn! Ich empfehle mich in ihre Gnaden.

Niederb. (im Abgehn.) Das habe ich zu bitten. (und ab.)

Plauderb. (nachdem die Niederburginn abgegangen.) Die muß greulich viel zu thun haben, daß sie nur auf eine Erscheinung herkömmt! sie hätte wohl können länger bleiben.

Ein und zwanzigster Auftritt.

Die Vorigen und Ferdinandl bey der Zimmerthüre stehend.

Ehrenw. Ferdinandl! geh her! was willst du?

Ferdin. (tritt hervor; zu seiner Mutter stille) Der Herr von Dormann hat mir gesagt, ich soll sehen, ob die Frau von Plauderbach noch hier ist?

Ehrenw. (giebt ihm ein Zeichen zu schweigen.)

Plauderb. Grüß dich Gott, Ferdinandl! geh her zu mir!

Eh-

Ehrenw. Geh hin, küß ihr die Hand! (Er geht ungern hin, küßt ihr die Hand.)

Plauderb. Wie gehts, mein lieber Ferdinandl! hast deiner Mama schon gratulirt?

Ehrenw. Er hat mir einen ganzen Spruch aufgesagt.

Plauderb. Einen Spruch! den möcht ich auch hören. Geh! sag mir deinen Spruch!

Ferdin. Ist heut ihr Geburtstag?

Plauderb. Nein, mein Kind!

Ferdin. So brauch ich ihnen keinen Spruch aufzusagen.

Plauderb. (Kneipt ihm in die Wangen.) O du kleiner Aff! du siehst akkurat deinem Papa gleich.

Ferd. Oho! das thut weh.

Plauderb. Geh her, laß dir ein Bussel geben. (sie hält ihn.)

Ferd. Lassen sie mich gehen.

Ehrenw. Ferdinandl! sey nicht so ungebärdig!

Plauderb. Hast mich denn nicht lieb?

Ferd. Nein! (er macht sich los, entlauft; bey der Thüre) Votre serviteur Baron Schuschu. (ab.)

Baron Schus. (lachend.) Der Kleine ist ein lustiger Vogel.

Plauderb. Das ist ein allerliebster Fraß! ich hab ihn recht gern, ob er mich gleich nicht mag.

Eh-

Ehrenw. Er ist noch ein Kind; du mußt ihms
nicht übel nehmen. Er ist überhaupt nicht gern
beym Frauenzimmer.

Baron Schuß. Ach! lassen wir ihn nur groß
werden; er wird schon anderst werd.n.

Plauderb. Was denn, was denn! Diese sind
alsdenn insgemein die ärgst.n.

Zwey und zwanzigster Auftritt.

Herr von Caspersberg, die Vorigen.

Caspersb. (sieht sich aller Orten im Zimmer
um, als ob er jemand suchte.)

Ehrenw. Suchen sie jemand Herr von Ca,
spersberg!

Caspersb. Gehorsamst aufzuwarten! Ist mei=
ne Frau nicht hier?

Ehrenw. Nein, Herr von Caspersberg! sie
ist gleich nach ihnen weggegangen

Caspersb. Wo muß sie denn hingegangen seyn?
Ich warte schon über eine Glockenstund zu Haus
auf sie. Sie kömmt nicht; ich sehe und höre
nichts von ihr. Ich habe geglaubt, sie ist noch
hier, deswegen komme ich, um sie zu suchen.

Ehrenw. Sie sehen es, sie ist nicht hier.

Plauderb. Vielleicht ist sie gar verloren ge‘
gangen.

Caspersb Das wär eine Historie! Kein grö=
ßers Unglück könnte mir nicht geschehn. Ich
wüßte nicht, was ich anfieng.   Ba=

Baron Schuf. Diesem Unglück wäre leicht abzuhelfen, mein Herr von Caspersberg! Sie dürften nur eine andere nehmen.

Caspersb. Gehorsamst aufzuworten. Wenn ich die ganze Stadt und das ganze Land ausgieng: so wüßte ich keine solche Frau mehr aufzutreiben.

Plauderb. Haben sie denn ihre Frau gar so lieb?

Caspersb. Gehorsamst aufzuwarten! Ich liebe sie mehr, als Essen, Trinken und Schlafen. Sie ist das beste Weib von der Welt. Sie sorgt für mich, wie für ihr Kind. Ich darf mich um gar nichts sorgen. Sie nimmt das Geld ein, sie zahlt aus; sie kleidet mich; sie giebt mir lauter gesunde Speisen; sie läßt mich nicht einmal allein aus dem Hause gehen.

Ehrenw. Sie sind in der That der glücklichste Ehemann.

Caspersb. (lachend) Gehorsamst aufzuwarten!

Baron Schuf. O du glücklicher Ehemann!

Plauderb. Sie sind aber auch ein recht lieber Mann, mein bester Herr von Caspersberg!

Caspersb. (lächelnd) Gehorsamst aufzuwarten, gnädige Frau!

Plauderb. Ganz gewiß, sie sind der beste Mann! Aber sagen sie mir, was sind das für gesunde Speisen, die ihre Frau ihnen giebt?

Caſpersb. Gehorſamſt aufzuwarten! Fleiſch läßt ſie mich nicht viel eſſen. Sie ſagt: das mache allzuträge und zu fett.

Plauderb. Was giebt ſie ihnen denn?

Caſpersb. Gute Süpperln, Datteln, Feigen, Repunzeln und Zelleriſalat; Familieſchokolade, Milchkaffee, Triet mit ungariſchem Wein —

Plauderb. Nu! drum ſehen ſie ſo gut aus. Itzt nimmts mich nicht mehr Wunder, daß ſie ihre Frau ſo gern haben. Es wäre in der That ein großes Unglück für ſie, wenn ſie ſie verlieren ſollten.

Caſpersb. Ich wäre deſperat. Ich muß gehen, ſie aufzuſuchen, ſonſt ſchmeckt mir weder Eſſen, noch Trinken. Wenn ſie zum Mittageſſen nicht nach Hauſe kömmt: ſo laß ich ſie bey meiner Seele austrommeln. (im Abgehen.)

Ehrenw. Herr von Caſpersberg! wollen ſie mir die Ehre anthun, mit dero Frau Gewählinn heut Abends auf ein Spiel herzukommen?

Caſpersb. Auf ein Spiel? Wenn ich meine Frau wieder finde, und wenn ſie geht, ſo werde ich gehorſamſt aufwarten. (geht ab.)

Ehrenw. Ich werde ſchon hinſchicken, und ſie einladen laſſen.

Caſpersb. (bey der Scene) Gehorſamſt aufzuwarten. (ab.)

Drey

Drey und zwanzigster Auftritt.

Die Vorigen.

Plauderb. Das ist wahr! So alt als er ist, ist er doch noch frisch, und rieglsam wie ein Mann von vierzig Jahren.

Baron Schuf. Mich wunderts, daß dieses junge Weiberl diesen alten Vater hat mögen zum Mann nehmen.

Plauderb. Hm! Man hört doch nicht, daß sie mißvergnügt wäre, oder daß sie eine Amour hätte. Nur eifern soll sie nicht mit ihm, doch was gehts mich an; ich will ihr nichts übels nachreden. (sie steht auf, die andern auch.) Meine liebe Ehrenwerthinn! es ist mir leid, daß ich nicht mehr länger bleiben kann. Ich muß gehen, ich habe jemand zu mir auf ein Vorspiel eingeladen. Leb indessen wohl! ich werde auf den Abend bey Zeiten erscheinen. (Es möchte mir sonst wer den Kannape besetzen.)

Ehrenw. Ich werde also die Ehre haben, dich bey mir zu bedienen.

Vier und zwanzigster Auftritt.

Die Vorigen, Herr Finsterling.

Baron Schuf. O da kömmt der Kandidat! Willkommen Monsieur Finsterling!

Fin-

Finsterling. (macht eine demüthige Verbeugung, nähert sich der Frau von Ehrenwerth) Da der gütige Himmel sie heut schon zum neun und zwanzigstenmal ihren Geburtstag erleben läßt; so erinnert mich meine Schuldigkeit ihnen an diesem Jahrstage demüthig zu gratuliren, von Herzen wünschend, daß ihnen der gütige Himmel diesen glorreichen Tag noch unzählbare Jahre erleben lassen, ihnen alles dem Leib und der Seele Ersprießliches geben, und endlich nach diesem Zeitlichen, den ewigen Frieden verleihen möge: und weil ich in dieser Welt, die ich zu verlassen Willens bin, für sie nichts thun kann: so werde ich sie täglich in —

Ehrenw. Ich danke ihnen mein lieber Vetter! ich weiß, daß sie es gut meynen.

Finsterling. Demüthiger Diener, Frau Mahm!

Plauderb. So wollen sie wirklich ins Kloster gehn?

Finsterl. Demüthiger Diener! Was ist denn auf dieser schnöden Welt? Eitelkeit, Eitelkeit! Kummer und Sorg! Mühseligkeit und Elend. Jeder Schritt führt uns zum Verderben — (Baron Schuschu lacht) Lachen sie nur, sie Weltkind! sie werden es einmal bereuen; denken sie an mich. (Schuschu lacht immer) Der Himmel verzeih es ihnen; ich sehe wohl, man lacht hier nur über mich. Ich werde gehen.

Ehrenw Mein lieber Vetter! laſſen ſie ihn lachen, und bleiben ſie bey ihrem guten Vorſatz. Weil ſie aber uns bald gänzlich verlaſſen, ſo will ich ihnen ehe noch eine kleine Ergötzlichkeit machen; kommen ſie heut Abends zu mir auf ein Spiel!

Finſterl. Zu einer Geſellſchaft?

Ehrenw. Ja!

Finſterl. Auf ein Spiel?

Ehrenw. Ja!

Finſterl. Eitelkeit, Eitelkeit! ich werde kommen. Demüthiger Diener allerſeits! (im Abgehen) O ſchnöde Welt! o ſchnöde Welt! (ab.)

Fünf und zwanzigſter Auftritt.

Die Vorigen, hernach Herr von Ehrenwerth.

Baron Schuf. Ha ha ha! der wird die Geſellſchaften aufmuntern.

Plauderb. Ja nu! es taugen nicht alle Leute in die Welt; für ſie, Baron Schuſchu! wär es Schade, wenn ſie nicht in der Welt wären: ſie taugen in die Geſellſchaften.

Baron Schuf. Ich bin ihr Diener, gnädige Frau! (zieht ſie auf die Seite) aber ich habe ihnen was zu vertrauen. Sie haben mich auf ein Spiel engagirt, und ich habe keinen Kreuzer Geld.

Plauderb. Ich bin moitiée mit ihnen. Gehn wir, Baron Schuschu! — Meine liebe Ehrenwerthinn! leb wohl bis auf den Abend; leb wohl, leb wohl! erhalt mich in deinen Gnaden!

Baron Schuf. Meine gnädige Frau! Dero gehorsamer Diener. (gehen bis zur Thüre.)

Ehrenw. Gehorsamste Dienerinn!

Plauderb. (kehrt sich zurück) Apropos! kann ich dir vielleicht in was dienen? brauchst Spieltrüherl, Tische, Sessel oder sonst was? ich kann dir schon aushelfen; ich bin auf 24. Spieltische eingericht.

Ehrenw. So viel werde ich nicht brauchen; sollte mir ab r was abgehen, so werde ich dich darum bitten.

Plauderb. Schaff nur, schaff nur! ich kann dich schon bedienen. Leb wohl, leb wohl! erhalt mich in deinen Gnaden! (ab bis zur Thü, re, kehrt wieder zurück) Noch eins! Ehrenwerthinn, vergiß nicht, daß du mir ein gutes Spiel machst; ich muß heut gewinnen, ich hab erst dreymal nach einander verloren. Du mußt mir ein Tarock machen. Ich werde heute mit allen Unförmen spielen.

Ehrenw. Du sollst bedienet werden.

Plauderb. Leb wohl, leb wohl Ehrenwerthinn! leb wohl! (bey der Thüre begegnet ihr Ehrenwerth.) So! Herr von Ehrenwerth, das ist

ist schön! Just wenn ich fortgehe, kommen sie daher; das ist schön, daß sie ihre Frau an ihrem Geburtstag so alleine zu Hause sitzen lassen.

Ehrenwerth. Es thut mir leid — ich muß meinen Geschäfften nachgehen.

Plauderb. Schon recht, schon recht! wir werden hent noch weiter mit einander reden; die Frau Liebste hat mich auf ein Spiel eingeladen — ich werde ihnen meine Meynung schon sagen — ich empfehle mich ihnen. Leb wohl Ehrenwerthinn! (ab mit Baron Schuschu) Leb wohl!

Sechs und zwanzigster Auftritt.

Herr und Frau von Ehrenwerth.

Ehrenwerth. Hatte der Geyer diese Plaudertasche auch hier! was redt sie denn? hast du sie eingeladen?

Ehrenwerthinn. Mein Schatz! sie hat mich so lange gequälet ihr eine Gesellschaft zu geben, bis ich ihrs zugesagt habe.

Ehrenwerth. Auf heute Abends?

Ehrenwerthinn. Ja!

Ehrenwerth. Das ist mir gar nicht recht.

Ehrenwerthinn. Du kannst es nicht glauben, wie sie mich geplagt hat. Sie hat mir sogar

vorgeworfen, daß ich ihr so viele Gesellschaften
schuldig wäre, und daß —

Ehrenwerth. Aber du weißt, daß ich ein
Todfeind davon bin. Ich kann den Zusammen=
lauf, das Getöß und den Schnattermark der
Weiber nicht ausstehn. Das ist doch recht ver=
drüßlich! man kann nicht einmal Herr in seinem
eignen Hause seyn. Das sind doch sehr indis=
krete Leute; sie laufen einem über den Hals,
wenn es ihnen einfällt; sie denken nicht darauf,
daß man sich ihrentwegen scheniren muß. —
Bey meiner Ehre! man kann sich nichts vor=
nehmen; man ist nicht Herr in seinem Hause. —
Du hast mir mit deiner Gesellschaft mein ganzes
Concept verrückt.

Ehrenwerthinn. Wie! mein Schatz?

Ehrenwerth. Jetzt muß ichs dir schon sagen:
ich wollte dir heut Abends ein ganz anders
Vergnügen machen. Alles ist veranstaltet; ich
wollte dich mit einer Komödie von unsern Kin=
dern überfallen.

Ehrenwerthinn. Mit einer Komödie? wenn
ichs gewußt hätte —

Ehrenwerth. Wäre heut nicht dein Geburts=
tag, so hätte ich gute Lust mit dir zu zanken;
aber, aber —

Ehrenwerthinn. Je nu! wenn du es willst,
so laß ichs absagen.

Ehrenwerth. Absagen, um einen Verschmach
aufzuheben? nein, das schickt sich nicht; wenn
man

man sein Wort giebt, so muß man es halten.

Ehrenwerthinn. Es ist mir leid — aber was
ist zu thun?

Ehrenwerth. Die verwünschte Plauderbachinn! — ist Dormann nicht hier gewesen?

Ehrenwerthinn. Er ist wirklich noch bey den
Kindern im Zimmer.

Ehrenwerth Das ist gut. Weißt du was;
gieb du deiner Plauderbachinn und deinen Wei-
tern Gesellschaft; ich werde dir meine Komödie
morgen, oder ein andersmal geben.

Ehrenwerthinn. Wie es dir gefällig seyn
wird. Aber es thut mir leid —

Ehrenwerth. Das thut nichts, meine Liebe!
Komm zu Tische!

Zweyter Aufzug.

Ein paradezimmer mit einem Lüstre, Kanape und Sesseln, die in einem halben
Monde ranschirt sind.

Erster Auftritt.
Lisette, Christoph.

He! Christoph! — Christoph! der Mensch
muß gehörlos seyn! Christoph!

Chriſtoph. (im Eintreten) Was giebts? was hat ſie für ein Geſchrey?

Liſette. Wo iſt er denn? Ich ſchreye mir faſt den Hals aus: hört er mich denn nicht?

Chriſtoph. Was will ſie? hier bin ich.

Liſette. Die Lichter ſteck er an! es iſt Zeit; die Gäſte werden nicht lange mehr ausbleiben.

Chriſtoph. Das kann ſie ja mit Manier ſagen, was brauchts denn ein ſolches Geſchrey zu machen? Ja ich ſags, wenn ſie eine Perſon wäre, die ſich mit unſer einem verſtehen wollte, wir beyde könnten es recht gut haben.

Liſette. Geh er, geh er, mach er nicht viel Weſens, ſteck er die Lichter an!

Chriſtoph. Ich ſeh es ſchon, es iſt nichts mit ihr zu thun. Sie iſt eine recht verdrüßliche Perſon! (ab.)

Liſette. Ich weiß nicht, was der Menſch mir ewig vorzuwerfen hat. Ich kann ihm nichts rechts thun. — Die ewige Brummerey! der Kerl glaubt vielleicht gar, ich ſoll mich an ihn hängen. Ein Ehekrüpel, das gieng mir noch ab! — Wenn man nur keine ſo alte verdrüßliche Leute neben ſich im Dienſte hätte, das Dienen würde einem lang nicht ſo ſauer.

Chriſtoph. (mit einem langen Stabe, an deſſen einem Ende ein brennendes Kerzchen feſt gemacht iſt, ohne Liſetten anzuſehen) Ja! wenn ich noch ledig wäre! vielleicht bekäm' ich freundlichere Geſichter.

Lisette. O freylich! auf ihn steh ich an.

Christoph. Ja nu! itzt ist es schon, wie es ist. (beym Hängleuchter) Müßen die Kerzen alle angesteckt werden?

Lisette. Natürlich! zu was wären sie denn da?

Christoph. Aber so viel Kerzen — eine wäre genug. Wie ich neulich unsere gnädige Frau zur gnädigen Frau von Plauderbach in die Gesellschaft bedient habe, so hat auf einem großmächtigen Hängleuchter ein ganz kleines Trümerl Kerzen gebrennt. (steckt die Kerzen an.)

Lisette. Ja bey der Plauderbachinn! Bey uns gehts nicht so knauserisch zu: und an einem Geburtstag muß alles noble, und propre seyn.

Christoph. Heut wird es also recht gut zugehen bey uns. Es wird wohl Accidenzien abwerfen. Aber strappazirt bin ich heut auch zehnmal mehr als sonsten. Meine liebe Lisette! sie könnte wohl das Kartengeld mit mir theilen.

Lisette. Es wird erstaunlich viel eingehen; ein paar Siebenzehner wird der ganze Plunder seyn; läßt doch kein Mensch mehr was liegen. Gewinnen die Frauen, so stecken sie ihren Gewinn hübsch ein; verlieren sie, so bleiben sie immer schuldig. Wer soll also was liegen lassen? Mein guter Christoph! es wird von Jahr zu Jahr schlechter. Er wird vom Hinunterleuchten mehr bekommen, als ich von allen Spieltischen.

Chri=

Chriſtoph. Da ſteht ſie friſch, wenn ſie das glaubt Ich gebe ihr mein ganzes Trinkgeld um zwey Siebner hin. Ich wäre froh, wenn mir nur mein Windlicht bezahlt würde, das ich heute gekauft habe.

Liſette. Mach er mir das nicht weis! ich bin nicht ſo einfältig, als er glaubt.

Chriſtoph. Bey meiner Treue! ich ſage die Wahrheit. Wer giebt denn was her? die Herren und Frauen haben ihre Bediente mit Laternen, von denen ſie ſich leuchten laſſen: und ledige Herren kommen wenig ins Haus, weil die Fräulein noch nicht groß genug ſind. Der Baron Schnſchu iſt zwar heut eingeladen, aber der iſt ein armer Schlucker, und geht hinter der Frau von Plauderbach ihrer Laterne die Stiegen hinunter. Der Kandidat, der rührt ſchon itzt kein Geld mehr an, und der Wälſche wäre froh, wenn ich ihm einen Kreuzer ſchenkte: von wem ſoll ich alſo was bekommen?

Liſette. Ey! er wird ſo gar leer nicht ausgehen, ſorg er ſich nicht!

Chriſtoph. Ich mache mir nicht viele Hoffnung. Der einzige Herr von Dormann rückt bisweilen noch mit einem Siebenzehner heraus.

Zwey-

Zweyter Auftritt.

Frau von Ehrenwerth, Dormann, Nannette, und die Vorigen.

Ehrenwerthinn. Ist alles fertig?

Christoph. Just bin ich fertig geworden mit dem Lichteranzünden.

Ehrenwerthinn. So geht, bleibt bey der Thüre; macht auf, und weiset die Leute herein, wenn sie kommen.

Christoph. Ja, ihr Gnaden! (ab.)

Ehrenwerthinn. Lisette! halte du die Schokolade bereit, damit du sie gleich hereintragen kannst, wenn ich sie verlangen werde.

Lisette. An mir solls nicht fehlen, ihr Gnaden! ich will mich tummeln, so viel ich kann. (ab.)

Ehrenwerthinn. Mein bester Herr von Dormann! sie verbinden mich recht sehr, daß sie mir diesen Abend schenken wollen.

Dormann. Ich mache mir ein Vergnügen daraus, ihnen zu Gefallen seyn zu können.

Ehrenwerthinn. Sie obligiren mich in der That recht sehr. Wenn sie nicht zugegen wären, so wüßte ich nicht, was ich anfangen sollte. Meinen Herrn habe ich nicht bereden können der Gesellschaft beyzuwohnen.

Dormann. Sie erweisen mir allzuviel Ehre. Wenn ich nur zu was nutz bin. Aber eine einzige Gnade bitte ich mir aus.

Ehrenwerthinn. Befehlen sie! worinn kann ich ihnen dienen?

Dormann. Nur die einzige Gnade : setzen sie mich ja nicht zu Frau von Plauderbach! Sie soll, wie ich höre, einen unerträglichen Humor im Spielen haben.

Ehrenwerthinn. Seyn sie unbesorgt! ich werde ihnen schon ein gutes Spiel machen.

Dormann. Lassen sie mich mit Fräulein Nannetten spielen, ich bitte —

Ehrenwerthinn. Was denken sie Herr von Dormann! das Mädel darf ich zu keinem Spiele setzen: das würde sich nicht schicken.

Dormann. Warum nicht, gnädige Frau!

Ehrenwerthinn. Sie ist noch allzu jung.

Nannette. Ach nein, Mama! ich gehöre schon in die Gesellschaften; ich bin schon dreyzehn Jahr alt.

Ehrenwerthinn. Du kannst ja noch kein einziges Spiel.

Nannette. Ja Mama! ich spiele Trisett recht gut.

Dormann. Wir wollen miteinander spielen! die Frau Mama wird uns noch jemand geben, daß wir ein Trisett machen können. Hier kömmt die Frau von Caspersberg.

Drit=

Dritter Auftritt.

Caspersberginn, die Vorigen.

Caspersberginn. Frau von Ehrenwerth! weil sie mir die Ehre angethan haben mich einzuladen, so komme ich ihnen aufzuwarten, und von ihren Gnaden zu profitiren.

Ehrenwerthinn. Es ist mir eine Ehre sie bey mir zu bedienen, meine wertheste Frau von Caspersberg! Aber ich bitte zum Voraus um Verzeihung, sie werden sich schlecht bey mir unterhalten.

Caspersberginn. Ich bitte um Vergebung. Ich wüßte meine Zeit nicht angenehmer zuzubringen, als in ihrer Gesellschaft. Herr von Dormann! Ihre gehorsame Dienerinn! (zur Nannette, welche ihr die Hand küssen will) Ihre Dienerinn! mein schönes Fräulein! Ich protestire, mein Engel! ein Bussel bitte ich mir aus. (embrassirt sie.)

Ehrenwerthinn. Wollen sie sich nicht niederlassen, Frau von Caspersberg!

Caspersberginn. Wenn sie erlauben. (setzt sich auf den Kanape.) Wie ich sehe, bin ich die erste.

Ehrenwerthinn. Ich weiß nicht, warum heut alles so lang ausbleibt. Wo haben sie denn den Herrn Liebsten gelassen?

Caspersberginn. Er wird von ihren Gnaden
profitiren, er kann nicht mehr lang ausbleiben.

Vierter Auftritt.

Herr und Frau von Niederburg, die Vorigen.

Ehrenwerthinn. Warum denn so spät Frau
von Niederburg?

Niederburginn. Ich bitte um Verzeihung,
es ist allezeit früh genug, ihnen Ungelegenheit
zu machen.

Niederburg. Weil sie es erlaubt haben, gnädige Frau! so kommen wir ihnen aufzuwarten.

Ehrenwerthinn. Es ist mir ein Vergnügen
sie bey mir zu bedienen. (zur Niederburginn)
Belieben sie Platz zu nehmen! (sie setzt sich neben dem Kanape zur Caspersberginn) Frau
von Caspersberg! ich gratulire mir, die Ehre
zu haben sie im guten Wohlseyn zu sehen.

Caspersberginn. Unterthänige Dienerinn! Frau
von Niederburg! Wie befinden sie sich?

Niederburginn. Zu dero Befehl, so ziemlich
gut.

Fünfter Auftritt.

Herr von Caspersberg, die Vorigen.

Caspersberg. (kömmt hurtig gelaufen) Gehorsamster Diener allerseits. Ist meine Frau
schon

schon da? (zu seiner Frau) Ach da bist du ja, Gruß dich Gott Schatzl! (setzt sich zu ihr auf den Kanape.)

Caspersberginn. Hier kannst du nicht bleiben: dieses ist kein Platz für dich.

Caspersb. Wo du bist, ist überall Platz für mich, Schatz!

Caspersberginn. Es schickt sich nicht, sage ich dir. Dort geh hin auf die Seite, wo die Männer sind, dort gehörst du hin.

Caspersb. Gehör ich denn nicht zu dir Schatz?

Caspersberginn Hier nicht. In der Gesellschaft mußt du nicht daran denken, daß du eine Frau hast. Geh, geh!

Caspersb. Das ist eine kuriose Mode! (steht auf, geht auf der Männer Seite) ich soll nicht denken, daß ich eine Frau habe; das geht mir nicht ein.

Ehrenw. Bleiben sie sitzen, Herr von Caspersberg! bleiben sie bey ihrer Frau.

Caspersb. Gehorsamst aufzuwarten! Sie sagt, es schickt sich nicht; itzt habe ich keine Frau. Das ist ein wunderliches Leben.

Sechster Auftritt.

Die Vorigen, Stuzica, hernach Herr und Frau von Ebenholz und ihre Tochter, Finsterling.

Stuzica. Buona sera Signore é Signori miei.

E   Ca

Caspersb. Servus.

Ebenholzinn. Frau von Ehrenwerth! ich bitte um Verzeihung, daß ich heute früh nicht gekommen bin meine Gratulation abzulegen. Ich habe ein neues Stubenmensch aufgenommen, und mit der habe ich den ganzen Vormittag zu thun gehabt. Ich habe aber hergeschickt, ich hoffe, sie werden mich und meinen Herrn aufgeschrieben gefunden haben.

Ebenh. Meine gnädige Frau! ich wiederhole alle Wünsche, die ihnen zu ihrem Geburtstage sind gemacht worden, und —

Ehrenw. Itzt nehme ich keine Komplimente mehr an. (zur Ebenholzinn) Belieben sie sich niederzulassen! (Ebenholzinn setzt sich neben die Niederburginn) (zur Fräulein von Ebenholz, welche ihr die Hand küssen will.) Seyn sie mir willkommen mein liebstes Fräulein Tonerl. (embraßirt sie.)

Tonerl. Ihr Gnaden, unterthänige Dienerinn.

Ehrenw. (zur Nannette.) Nannette! geh, mach der Fräulein Tonerl eine Unterhaltung. (Tonerl und Nannette reden leise mit einander.)

Caspersb. (zum Finsterling, welcher im Eintreten tiefe Verbeugungen macht, und öfters Fräulein Tonerl anblicket.) Gefällt ihnen dieses Fräulein?

Fin:

Finſterl. Mir gefällt nichts auf dieſer Welt; alles iſt Eitelkeit, Eitelkeit.

Caspersb. Warum schauen ſie ſie denn immer an?

Finſterl. Um die Vergänglichkeit recht zu betrachten; itzt iſt ſie jung und ſchön, in funfzig Jahren wird ſie ſich nicht mehr gleich ſehen. Alles iſt vergänglich, alles iſt Eitelkeit.

Siebenter Auftritt.

Die Vorigen, Plauderbachinn, Baron Schuſchu.

Ehrenw. (zur Plauderbachinn.) Nun, das iſt ſchön, daß du ſo ſpät daher kömmſt; ich glaubte wirklich, du würdeſt mich gar ſitzen laſſen.

Plauderb. Ich bitte dich um Verzeihung, meine liebe Ehrenwertþinn! ich habe Viſiten gehabt, ich habe unmöglich früher abkommen können. (ſie machet den Frauen eine Verbeugung, zum Baron Schuſchu ſtill.) Das iſt ein verdammter Streich! da ſitzt ſchon eine auf dem Kanape; ich werde es ihnen ſobald nicht verzeihen, daß ſie mich ſo ſpät abgeholet haben. Ich werde heut nicht wiſſen, was ich ſpiele.

Baron Schuſ. (ſtill) Es iſt noch Platz genug auf dem Kanape, ſetzen ſich ihre Gnaden hin.

Plau;

Plauderb. (still) Ich will den Kanape allein
haben, und unsre zwey werden ja nicht auf dem
ersten Platz sitzen.

Bar. Schuſ. (still) Sie werden schon weggeꞏ
hen — setzen sich ihre Gnaden nur hin.

Plauderb. (still) Ich hoffe nicht, daß die
Frau von Caspersberg prätendiren wird, daß
ich ihr nachzehen soll. Das wäre mir lieb.
(setzt sich zur Caspersberginn auf den Kanaꞏ
pe, breitet ihren Strickrock über sie aus.) Verꞏ
zeihen sie mir, Frau von Caspersberg; mein
Strickrock ist so groß, wir werden schwerlich
beyde Platz haben.

Casparsb. Bin ich ihnen ungelegen, Frau
von Plauderbach? (steht auf) ich will sie nicht
inkommodiren. (indem sie sich wegbegiebt, für
sich) die Närrin! sie glaubt, es sey niemand
ihres gleichen, sie will überall die Erste seyn.

Caspersberg. Geh her, stell dich zu mir her,
Schatz!

Caspersb. Ich werde schon einen Platz finden.
(Fräulein von Ebenholz überläßt ihr ihren
Platz, und rückt um einen Sessel weiter.)

Ehrenw. Jetzt wären wir alle beysammen,
bis auf den Herrn und Frau von Habersheim.
Ich weiß nicht, wo sie so lange bleiben; ich
werde indessen die Schokolade hereintragen
lassen. (ab)

Achter

Achter Auftritt.

Die Vorigen, nachdem Ehrenwerthinn abgegangen.

Plauderb. (während daß sie mit der Schützen arbeitet.) Wie haben sie sich befunden Frau von Niederburg, seit heut frühe, seit ich die Ehre nicht gehabt habe sie zu sehen?

Niederburginn. Zu dero Befehl, ziemlich wohl.

Plauderb. Was macht denn ihre Frau Nachbarinn? ich höre, sie führt sich gar proper auf!

Niederb. Je nu, sie ist eine junge Frau, und —

Plauderb. Jung? verzeihen sie mir, die ist wohl nicht mehr jung, sie hat gewiß schon etlich und dreyßig Jahre auf dem Halse.

Niederb. Das weiß ich nicht, wie alt sie ist, aber sie sieht aus, als wenn sie erst zwanzig Jahre alt wäre.

Plauderb. (lachend) Das glaub ich, das macht der Anstrich — und der Aufputz.

Niederb. Das ist wahr, der Aufputz macht sehr viel, und sie geht gewiß nicht schlecht daher; sie zieht fast alle Tage ein anders Kleid an. Das Weib muß wenigstens gegen funfzig Kleider haben. Ich verstehe nur nicht, wie ihr Mann diesen Aufwand bestreiten kann?

Plauderb. Ihr Mann? der giebt ihr nicht einen Kreuzer, er schaft ihr nicht eine Spennadel.

Niederb. Wo soll sie es denn hernehmen?

Plauderb. O man weiß ja wohl, wo sie es hernimmt. Es kommen ja Mannsbilder genug ins Haus.

Niederb. Mich gehts nichts an.

Plauderb. Mich auch nicht, aber man redt nur davon. Frau von Ebenholz! ich habe die Ehre noch nicht gehabt, ihnen mein Kompliment zu machen.

Ebenholzinn. Schon dreymal wollte ich meiner Schuldigkeit nachkommen; allein ich war nie so glücklich eines Anblicks von ihnen gewürdiget zu werden.

Plauderb. Ich bin ihre Dienerinn! Wie gehts denn ihrem jungen Herrn?

Ebenh. Er küßt ihnen die Hand, er ist recht wohl auf; das liebe Kind wird alle Tage herziger, er kann schon einen Baa machen.

Plauderb. Wie alt ist er schon?

Ebenh. Er geht itzt schon ins fünfte Jahr.

Plauderb. Nu das ist braf! er wird schon hübsch groß seyn? sie müssen ihm bald um eine Frau umsehen.

Ebenh. Ey ja, itzt ist er noch zu jung.

Plau-

Plauderb. Ich meyne nur, daß sie ihm um was umsehen, damit er gleich heurathen kann, wenn er groß seyn wird.

Ebenh. Ja, ich weiß noch nicht, ob er wird heirathen wollen, oder nicht? mir wärs nicht lieb, wenn ihm etwann ein Unglück geschehen sollte.

Niederb. Was soll ihm' denn für ein Unglück geschehen, wenn er eine Frau nimmt?

Ebenh. Haben sie denn die entsetzliche Historie nicht gehört, die erst vorgestern —

Plauderb. Was für eine Historie?

Ebenh. Das ist ein Spektakel! nein, ich lasse meinen Sohn nicht heurathen — Denken sie nur: ein Weib in der Leopoldstadt soll ihrem Manne die Nase abgebissen haben.

Plauderb. Ey! was sagen sie, was muß ihr der Mann wohl gethan haben?

Ebenh. Nichts hat er ihr gethan. Der arme Mann hat geschlafen, und da ist ihr die Lust angekommen, seine Nase zu kosten.

Caspersb. Ey! glauben sie das nicht.

Ebenh. Es ist gewiß wahr, meine Wäscherinn hat mirs heut erzählt·

Caspersb. Ich kann es nicht glauben.

Plauderb. O das ist nichts unmögliches! ich erinnere mich, ich habe selbst einmal große Lust gehabt meinen Mann in die Waden zu beissen.

E 4 Neun-

Neunter Auftritt.

Herr von Hadersheim, und die Vorigen.

Plauderb. (zum Hadersheim, als er eintritt.) Herr von Hadersheim, kommen sie endlich einmal? alles wartet auf sie.

Hadersheim. Es thut mir leid! aber ich kann nichts dafür; ich war in Geschäfften ausgegangen, und konnte mich nicht eher losmachen.

Caspersb. (bey der er zu stehen kömmt.) Wo haben sie denn die Frau Gemahlinn gelassen?

Hadersh. (etwas stille.) Sie wird schwerlich kommen. Sie ist etwas unpäßlich.

Caspersb. (zur Ebenholzinn, etwas stille.) Denken sie, seine Frau ist sehr krank.

Ebenh. (zur Niederburginn.) Haben sie es gehört? die Frau von Hadersheim liegt auf den Tod.

Niederb. Ey! es ist mir wohl sehr leid um die gute Frau!

Plauderb. Was giebts, was giebts?

Niederb. (zur Plauderbachinn) Denken sie nur, die arme Frau von Hadersheim will sterben. Es ist kein Aufkommen mehr; ich weiß nicht, — man will nicht recht heraus mit der Sprache, ich glaube gar —

Plau=

Plauderb. (steht auf, zum Hadersheim.)
Was? Herr von Hadersheim! die Frau Lieb=
ste ist todt, und sie gehen in die Gesellschaft?

Hadersheim. Was? meine Frau wäre todt?
Wer sagt das?

Plauderb. Die Frau von Niederburg sagts
mir den Augenblick.

Niederb. Mir hats die Frau von Ebenholz
gesagt.

Ebenh. Das habe ich nicht gesagt. Die
Frau von Caspersberg sagte mir, sie wäre sehr
krank.

Caspersb. (zum Hadersheim) Nu! sie haben
es mir ja selbst gesagt, daß sie nicht wohl auf
wäre.

Hadersh. Um des Himmels Willen! durch
vier Mäuler wird eine Mücke zum Elephanten.
Da kann man sehen, woher die Lügen kommen.

Plauderb. O verstellen sie sich nur nicht, sie
ist gewiß todt.

Hadersh. Ich weiß kein Wort davon — Nu,
hier kömmt sie eben.

Plauderb. Stille, stille, man muß ihr nichts
davon sagen; sie möchte sich alteriren.

Zehnter Auftritt.

Frau von Hadersheim, Ehrenwerthinn, Li
sette mit der Chokkolade für das
Frauenzimmer.

Hadersheiminn. (zur Ehrenwerthinn im
Hereingehen) Aber nehmen sie mirs ja nicht
übel, daß ich nicht aufgesetzt erscheine. Ich
habe einen so entsetzlichen Fluß im Kopfe, daß
ich ihn stets eingebunden halten muß.

Ehrenw. Es hat nichts zu bedeuten: pflegen
sie ihrer Gelegenheit! (Lisette giebt die Schok-
kolade herum, fängt bey der Plauderbachinn
an, und so nach der Reihe weiter, und nimmt
die Tassen wieder ab, wenn sie geleeret sind.

Hadersheim zu seiner Frau. Nu meine liebe
Alte! lebst du noch? Man hat dich wirklich
schon für todt ausgegeben.!

Hadersh. Ey ja wohl! ich sterbe dir sobald
nicht. Du mußt mich schon noch zehn Jahre
haben, du magst wollen oder nicht.

Hadersheim. Noch zwanzig meine liebe Alte!
meinetwegen darfst du nicht sterben.

Caspersberg zum Hadersheim. Hören sie
haben sie denn ihre Frau nicht gern?

Hadersh. Wer sagt ihnen denn das Gegen-
theil, mein Herr von Caspersberg!

Ca-

Caspersb. Ich meyne nur so: sie hat etwas
dergleichen geredt, als wenn sie sie gern sterben
sähen.

Fadersb. Ach! das bildet sie sich nur ein.
Ich liebe sie von Grund meines Herzens —

Caspersb. Das ist recht! Ich habe die Mei=
nige auch gern, ich ließ mich für sie adern.

Ebenholz. In ihren alten Tagen noch! so
verliebt!

Caspersberg. Ist das ein Fehler?

Ebenh. In den ersten vierzehn Tagen geht
das an. Wenn man aber eine Zeitlang verheu=
rathet ist, so schickt es sich nicht, daß Eheleute
sich lieben.

Caspersb. Nicht?

Ebenh. Ey! pfui Teufel! Meine Frau und
ich reden das ganze Jahr kein Wort von Liebe.

Caspersb. Ach mein! wie können sie mit ein=
ander leben?

Ebenh. Die Gewohnheit einander zu sehen,
der tägliche Umgang macht, daß wir einander
leiden können.

Caspersb. Das ist mir ganz was neues,
(zum Niederburg) Machen sie es auch so, Herr
Ehestandskamerad!

Niederburg. Ich mache, was ich will, und
meine Frau macht auch, was sie will. Wir le=
gen uns keines dem andern was in Weg.

Caspersb. Der machts noch besser. Sie sind mir wohl recht zärtliche Ehemänner, wie ich sehe.

Niederb. Das ist die Mode, mein Herr von Caspersberg!

Caspersb. Ja?

Niederb. Geben sie mir die Ehre, besuchen sie mich, ich will sie darinn unterrichten!

Caspersb. Nein, das lern ich nicht, ich bleibe bey meiner Mode.

Niederb. Ich will ihnen ein gutes Glas Oesterreicher geben, der sie vergnügter machen wird, als ihre Frau.

Caspersb. Ich trinke keinen Oesterreicher. Mein Magen leidet keinen andern, als ungarischen Wein.

Hadersh. Was? ungarischen Wein trinken sie?

Caspersb. Keinen Tropfen andern, als Oedenburger, und Ruster.

Hadersh. O, der geht ins Geblüte! Sie können Acht geben, daß sie der Schlag nicht trifft.

Caspersb. Ey bey Leibe nicht! ich müßte schon lange todt seyn. (zum Niederburg) Haben sie nie keinen Sanktjergerwermuth getrunken?

Niederb. Mein Lebtag nicht.

Ca-

Caspersb. So haben sie nichts getrunken. Das ist ein Wermuth! der erfreut einem das Herz, und die Seele.

Bar. Schuf. Aber über den Champanier ist doch kein Wein in der Welt. Das ist unstreitig der König der Weine.

Caspersb. Nein! ich habe einmal nur ein einziges Glas getrunken, und mein Lebenstag keines mehr.

Baron Schuf. Warum nicht?

Caspersb. Er bleibt ja einem nicht einen Augenblick im Magen. Ich habe geglaubt, ich habe ihn noch so gut hinuntergeschluckt; er aber hat sich im Magen nur umgekehrt, und ist mir aller wieder durch die Nase herausgeraucht.

Baron Schuf. Das ist eben seine angenehmste Tugend.

Caspersb. Nein! bey mir hat der Wein nichts in der Nase zu thun; für die habe ich schon ein anders Futter. (zieht seine Tabacksdose heraus, und nimmt eine Prise.) Und den Augenblick habe ich den Schnakerl darauf gekriegt.

Baron Schuf. Mit Erlaubniß. (nimmt mit der ganzen Länge der Finger.)

Caspersb. (für sich.) O der kniet in die Dose! Er nimmt ein ganzes Loth Toback auf einmal.

Baron Schuf. Pu — der Toback ist nicht viel werth.

Ca

Caspersb. Es ist ein Gewölbtaback — er ist ein wenig zu feucht. (zum Finsterling) Was trinken denn sie, mein Herr Kandidat?

Finsterl. Mir ist alles gleichgültig. Ich trinke, was ich bekomme; und habe ich keinen Wein, so nehme ich mit Wasser vorlieb — Es ist alles Eitelkeit!

Caspersb. Ach, Essen und Trinken ist keine Eitelkeit! —

Baron Schus. zum Caspersberg. Apropos! haben sie niemals Puntsch getrunken?

Caspersb. Was ist das für ein Wein?

Baron Schus. O das ist ein köstliches Getränke! Es wird aus Arack — das ist chinesischem Brandtweine — Wasser, Citronensaft und Zucker gemacht.

Caspersb. Das ist eine wunderliche Komposition! und soll das gut seyn?

Baron Schus. Nichts ist köstlicher auf der Welt!

Caspersb. So kömmt das Getränke gar aus China her — das ist ja das Land, wo der Prinz Heraklius zu Hause ist?

Baron Schuschu. Ja ja, ich glaube —

Caspersb. Was hören sie, hat er Constantinopel schon eingenommen?

Baron Schus. Er soll es wirklich belagern. Das ist gewiß, daß sich eine Parthey von sei-

nen Husaren an den siebenbürgischen Gränzen
hat sehen laſſen.

Caſpersb. Der Teufel, der iſt ſchon nahe
bey uns. Zuletzt ſind wir nicht mehr ſicher
in Wien. Hören ſie, wenn das Ding ſo fort
geht, ſo pack ich alle meine Sachen ein, und
flüchte mich mit meiner Frau ins Tyrol. (zu
ſeiner Frau) Du Schatz! weißt du was neues?
Der Prinz Heraklius marſchirt wirklich ſchon
durch Siebenbürgen auf Wien her. Morgen
in aller frühe können wir einpacken — (zum
Baron Schuſchu) Heute Nacht kann er doch
nicht bis auf Wien kommen, was glauben ſie?

Baron Schuſ. O der kömmt ſein Lebta
nicht hieher. Seyn ſie ohne Sorgen, mein
Herr von Caſpersberg. Schlafen ſie ruhig,
wir haben hier nichts zu befürchten.

Caſpersb. Das meyn ich auch: es ſind ja
vier Regimenter hier, die werden ihn doch nicht
gleich herein laſſen.

Plauderb. (nachdem ſie die Schokoladetaſ-
ſe abgegeben.) Nu! wie iſt es Ehrenwerthinn,
werden wir nicht anfangen zu ſpielen?

Ehrenw. Ich warte nur auf deine Gelegenheit.

Plauderb. (ſteht auf, und alle thun des-
gleichen.) Mir iſt es ganz recht. Ich bringe
die Zeit nicht gern müßig zu.

Ehrenw.

Ehrenw. Du sollst gleich bedient werden.
Lisette! laß die Tische hereintragen. (Lisette
geht ab.)

Eilster Auftritt.

Die Vorigen.

(Ein Tisch wird mit Lichtern, Karten, und
Spielgeräth, zum Kanape gestellt.)

Plauderb. (zur Ehrenwerthinn.) Du wirst
mir hoffentlich einen Tarock machen? (stille.)
aber ich bitte dich, setz den Baron Schuschu
nicht zu mir; ich möchte ihm nicht gern Geld
abgewinnen, und — den Leuten will ich auch
nichts zu reden machen — du verstehst mich
schon.

Ehrenw. Ich will dir einen Chapeau und die
Caspersberg geben; denn die kann ich doch nicht
an den zweyten Tisch setzen.

Plauderb. Es ist mir ganz recht; mach nur,
mach nur, daß wir zum Spielen kommen!

Ehrenw. Frau von Caspersberg! ist es ih=
nen beliebig?

Caspersb. Wie sie befehlen.

Ehrenw. Sie kommen hieher! (weißt sie
zur Plauderbachinn) und —

Caspersberg. Ich spiele mit meiner Frau.
(will sich zu ihr setzen.)

Eh=

Ehrenwerthinn. Ey Herr von Caspersberg! das schickt sich ja nicht, daß der Mann mit seiner Frau spielt.

Caspersb. Ich spiele zu Hause alle Tage mit ihr.

Ehrenw. Ja zu Hause, aber in einer Gesellschaft ist es was anders, da schickt es sich nicht — das wäre lächerlich.

Caspersberginn. Geh, geh, stelle dich nicht so närrisch! du wirst schon hingesetzt werden, wo du hin gehörest.

Caspersb. Was du willst Schatz! mir ist alles recht. (geht wieder auf der Männer Seite)

Ehrenw. Herr von Ebenholz! spielen sie Tarock?

Ebenholz. Ich bitte um Verzeihung ihr Gnaden! das kann ich nicht.

Ehrenw. Das ist doch ein rechtes Kreutz, daß die Herren nicht alle Spiele können; Herr von Niederburg! können sie auch nicht Tarock?

Niederburg. Ich spiele alles, meine gnädige Frau!

Ehrenw. Nu, sie sind recht galant; sie setzen sich also zu diesen Frauen

Niederb. geht hin) Ich gratulire mir die Gnade zu haben, mit zwo so scharmanten Damen zu spielen.

Plauderb. Setzen sie sich, Herr von Niederburg; setzen sie sich!

F   Caspers-

Caspersb. Wie hoch spielen wir, was gilt das Marque?

Plauderb. Ich spiele es nicht anderst, als um einen Kreutzer. Die vier Honneurs, Mond, Matt und Bagat, zehn Tarock und Kavallerie, alles wird bezahlt.

Caspersbgin. Das geht schier zu hoch. Wer giebt?

Niederburg. Ich als der einzige Chapeau werde mir das Recht nicht nehmen lassen. (mischt und giebt dann)

Plauderb. Ganz billig.

(Wenn die Karten gegeben, wird gespielt)

Ehrenw. (welche inzwischen einen zweyten Tisch zur Rechten des Kanapee stellen lassen, und die Spieltrügerl ausgelegt hat.)

Frau von Niederburg! Herr von Caspersberg—

Caspersb. Gehorsamst aufzuwarten, hier bin ich.

Ehrenw. Und— der Herr von Ebenholz, und der Herr von Hadersheim spielen miteinander.

Caspersb. Gehorsamst aufzuwarten. (indem sie sich setzen wollen.) Was spielen wir denn? Quadrill?

Niederburg. Ich spiele nichts anders als Triset!

Caspersb. Was? ein blutiges Triset! das spiele ich nicht; es muß einer alle Augenblicke drey Siebner zahlen. (zur Ehrenwerthin) Es wäre

mir

mir recht lieb, wenn sie mir ein anders Spiel
machten.

Ehrenw. Gedulden sie sich einen Augenblick!
ich will sehen, wie ich sie bedienen kann. — Aber
wen nehme ich itz zu diesem Tische? — sie de-
rangiren meine ganze Austheilung, die ich gemacht habe. — Von diesen zwoen Frauen kann
ich keine hinsetzen, oder es müßte eine mit ihrem
Manne spielen: und die ledigen Herren muß ich
dem Fräulein von Ebenholz geben. Ich kann ihnen selbst kein Spiel mehr in vieren machen.

Caspersb. Wenn sie erlauben, ich will mir
schon selbst ein Spiel machen. (zum Stuzica.)
Sie, welscher Herr! spielen sie Bazica?

Stuzica. Signor sì!

Caspersb. zur Ehrenw.) Nu, da habe ich
schon mein Spiel. Her da, Herr Stuzica! (es
wird ein Tisch zur linken Seite des Kanapee
gesetzt; sie setzen sich und spielen.) Sie geben,
ich habe die Hand.

Ehrenw. zur Niederburginn) Nehmen sie
mirs nicht übel, Frau von Niederburg! daß
ich meine Nannerl indessen hersetze; bis ich die
Tische alle rangirt habe. Ich werde sie hernach
gleich ablösen.

Niederb. Ey! es ist mir sehr lieb mit der
Fräulein Tochter zu spielen; kommen sie her,
Fräulein Nannerl!

Nanette setzt sich)

Cas-

Caspersbn. nachdem ſie die Karten in Ordnung gebracht.) Ich habe anzuſagen: eine ſkiſir-
te Kavalerie, und zehn Tarock —

Plauderb. Mit oder ohne Bagat?

Caspersbgin. Mond, Matt und Bagat.

Plauderb. Das iſt noch beſſer.

Ehrenwerthinn. Baron Schuſchu! Herr Vetter Finſterling, ſie ſpielen mit dem Fräulein von
Ebenholz. Ich hoffe, ſie werden ſie wohl unterhalten.

Baron Schuſchu. Die Zeit ſoll ihr gewiß nicht
lang werden.

ſie ſetzen ſich zur rechten Hand des Kanapee)

Niederb. Ich hatte zwo Kavallerien in Natura.

Plauderb. Nu, das iſt ein guter Anfang; nur
gleich 29. zu bezahlen. Aber es kann nicht anders ſeyn, ich habe ja Karten zum Fraaß kriegen.

Niederb. Ihre Gnaden belieben auszuſpielen!

Plauderb. Nur ein wenig Geduld, mein gnädiger Herr! —Denari— (ſie ſpielen fort, Plauderbachin macht wenig Stiche.)

Ehrenw. nachdem ſie den dritten Tiſch zur
linken Seite des Kanapee ſetzen laſſen, zu Dormann ſtill) Mein liebſter Herr von Dormann,
thun ſie mir doch die Gefälligkeit, mit dieſen
zwoen Frauen zu ſpielen.

Dormann. Ich bin zu ihrem Befehle.

Ehrenw. Aber ich bitte ſie, nehmen ſie mirs
ja nicht übel, daß ich ihnen kein beſſers Spiel
machen kann.

Dor-

Dormann. Es ist mir alles angenehm, was sie mir befehlen.

Ehrenw. Sie werden mich sehr verbinden. Gehen sie, setzen sie sich! — Frau von Habersheim und Frau von Ebenholz! wenn es ihnen beliebig ist; es ist schon alles gerichtet.

Ebenh. Ich bin schon hier. (sie setzen sich)

Plauderb. Das ist doch entsetzlich! ich habe diese einzige Dame, und diese muß mir kupirt werden.

Dorm. Meine gnädigen Frauen! was für ein Spiel belieben sie zu machen?

Habersh. Spielen wir: Gretel leg dich?

Ebenh. O ja, das ist ein recht schönes Spiel!

Dorm. Wie sie befehlen. (giebt die Karten)

Baron Schuf. Was spielen denn wir, mein schönes Fräulein!

Fräul von Ebenholz. Ich weiß es nicht.

Baron Schuf. Was spielen sie denn sonsten?

Fräul. v. Ebenholz. Ich kann nichts als pockerln und mariaschen.

Bar Schuf. Gut! so spielen wir mariaschen; können sie es Monsieur Finsterling?

Finsterling. Das ist zwar ein sehr eitles Spiel; aber heut will ich es noch spielen.

Baron Schuschu giebt die Karten, und sie pielen.)

Niederb. Spadi! — noch einmal!

Caspersberginn. Gestochen — Tarock! —

Ta

Tarock! — Tarock! — Tarock, Tarock, und der Bagat auf die letzt.

Plauderb. Ey! das ist ja entsetzlich! der Fagat auch noch auf die letzt, das ist ein rasendes Glück!

(Sie zählen die Stiche)

Stuzica. Ma, Signor mio: — quanti giochiamo?

Caspersperg. Wie?

Stuzica. Wie ock spielen wir?

Casparsperg. Warten sie ein wenig, ich will es ihnen gleich sagen. (gehe zu seiner Frau) Schatz! wie hoch soll ich spielen?

Caspersperginn. Um einen Kreutzer. Es ist hoch genug.

Caspersb. geht an seinen Ort zum Stuzica) Einen Kreutzer gilt das Marque.

Stuzica. Benißimo.

Caspersberginn. Ich gewinne 56.

Plauderb. Ich verliere 42. hier sind sie!

Niederb. Und ich 13.

Caspersberginn. 42. und 13 machen nur 55.

Plauderb. Ich zahle nicht mehr als ich schuldig bin. Ich verliere ohnehin genug.

Niederb. Hier ist noch eines!

Plauderb. Itzt gebe ich. Ich werde schon besser mischen. (mischt und giebt)

Ehrenw. Wie gehts Plauderbachinn! wie traitirt sich das Spiel?

Plau-

Plauderb. Der Anfang ist sehr unglücklich. Denk nur im ersten Spiele verliere ich 71.

Ehrenw. Das Glück wird sich schon auch auf deine Seite wenden.

Plauderb. Das will ich hoffen. Wenn nur die Karten gut gemischt werden. — Die ganze Woche bin ich im Verlust. — Das wäre ja zum Schlag treffen, wenn ich heute wieder verlieren sollte.

Fräulein v. Ebenh. Itzt habe ich die Herz mariage gekriegt, das freut mich.

Baron Schuf. Sie sind sehr glücklich im Spiel! sie werden desto weniger Glück in der Liebe haben, sie artiges Kind!

Fräul. v. Ebenh. Ach vexiren sie mich nicht!

Finsterling für sich.) O Eitelkeit, Eitelkeit

Plauderb. die ihre Karten durchgeht.) Ey ey ey! das sind Karten zum Fraas kriegen. — Es ist nicht anders möglich, ich muß verhext seyn. — Ich weiß nicht mehr, was ich spielen soll! — Alle Spiele verfolgen mich. — Das ist doch ein entsetzlicher Guinion! — (nachdem sie drey Karten weggelegt,) Er liegt. (zur Caspersberginn) Spielen sie nur aus.

Caspersberginn. Tarock! (sie spielen fort)

Ehrenw .zum Caspersb.) Was machen sie wie traktirt sich das Spiel?

Hr v. Caspersb. So, so! ziemlich gut! ich

F 4   kann

kann zwar noch nichts sagen, ich habe mich erst
einmal tropirt.

Ehrenw. Es wird schon beſſer werden. (ab.)

Zwölfter Auftritt.

Die Vorigen.

Plauderb. Das iſt wohl indiskret, Frau von
Caſpersberg, daß ſie mir den Bagat holen; da
haben ſie ihn.

Casparsb. Ich ſpiele, wie es die Raiſon des
Spiels erfordert.

Plauderb. Ja, aber ſie ſetzen gar zu ſehr auf
mich.

Caspersb. Koppi — Koppi!

Niederb. Hier ſteche ich. Die Tarock ſind alle
heraus: und hier ſind lauter freye Baſtoni. (legt
die Karten auf.)

Plauderb. Ey das iſt zum raſend werden! ich
mache wieder nicht mehr als 5. Points. — Verliere ich wieder 31. — Eine Kaſſe iſt ſchon weg—

Niederb. Ich gewinne 15.

Caspersb. Und ich 16.

Plauderb. Nu! ſie traktiren mich nicht übel.
(zur Caspersb.) Hier ſind ſie bezahlt! (zum
Niederb.) Ihnen bleibe ich es ſchuldig.

Niederb. Ganz gut, meine gnädige Frau!

Drey=

Dreyzehnter Auftritt.

Die Vorigen. Ehrenwerthinn und die Kinder, welche von einem Tische zum andern gehen. Lisette, Christoph, welche letztere öfters abgehen, und mit Obst Confituren, Gebackenem, und Gebratenem, Limonade, Mandelmilch, und Wein wiederkommen, solches auf den Tisch setzen, und die Gäste bedienen.

Plauderb. als sie die Ehrenwerthinn kommen sieht.) Nu, das ist wohl gut, daß du was hergiebst. Vielleicht habe ich bessers Glück, wenn ich was gegessen und getrunken habe.

(Lisette stellt eine Tatze mit Limonade und Mandelmilch auf den Tisch.)

Ehrenw. Bedienen sie sich; nehmen sie, was ihnen beliebt.

Plauderb. Ich werde eine Limonade nehmen: Es ist mir gar warm, ich muß mich ein wenig abkühlen. (schenkt sich ein und trinkt.)

Ehrenw. Frau von Casperssperg so bedienen sie sich doch!

Caspersb. Wenn sie erlauben, so werde ich ein wenig Mandelmilch nehmen. (schenkt ein, und trinkt.)

Ehrenw. Herr von Caspersberg! sie werden gleich bedient werden. Ich habe extra was für sie machen lassen.

Caspersberg. Gehorsamst aufzuwarten, ich kann schon warten, meine gnädige Frau.

F 5   Ehren-

Ehrenw. Lisette nimm weg, und bediene die Frau von Niederburg. (Lisette nimmt die Tasse weg; Christoph stellt eine Schüssel mit Maultaschen dafür auf den Tisch, und geht ab. Lisette trägt Limonade von einem Tische zum andern.)

Ehrenw. So nehmen sie doch! Herr von Niederburg! greifen sie zu!

Plauderb. Diese Maultaschen sehen recht gut aus: du lässest sie gewiß zu Haus machen!

Ehrenw. Alles, alles wird bey mir im Hause gemacht. Nimm dir ein Paar heraus, so kannst du sie nach deiner Gelegenheit essen.

Plauderb. Du hast recht, ich werde dir folgen.

Ehrenw. Es wird mich freuen, wenn du dir es wohl schmecken lässest.

Christoph wechselt die Maultaschen mit einer Schüssel Obst aus, und trägt erstere auf den zweyten Tisch und ab)

Plauderb. Laß mir nur Zeit, ich werde schon essen. Von diesem Obst will ich mir auch was nehmen, so kannst du es weiter herumgehen lassen.

Ehrenw. Bedienen sie sich Frau von Caspersberg! Herr von Niederburg!

Niederb. Unterthäniger Diener. (nimmt sich was)

Caspersbgin. Ich bin schon versehen. (nachdem sie was genommen)

Caspers.

Caspersberg zum Stuzica) Ich will gern sehen, wenn denn auch was auf uns kommen wird. Wir sitzen hier, wie die verlassenen Waisen.

Stuzica. Patienza, caro mio!

Christoph setzt eine gehäufte Schüssel mit Krapfen auf den ersten Tisch, trägt das Obst auf den zweyten und die Maultaschen auf den dritten Tisch, alsdenn ab)

Plauderb. zur Ehrenw.) Nu , bey dir gehts nobl zu! du läßt braf auftragen.

Ehrenw. Es ist nur was weniges. Ich bitte vorlieb zu nehmen.

Plauderb. Ey, ich weiß es schon, bey dir darf man nicht hungern, und nicht dursten. Aber neulich war ich bey der Frau von Dürndorf in der Gesellschaft, da ist es erbärmlich zugegangen. Denk nur, sie hat nichts hergegeben, als ein Teller mit Hollehippen und eines mit gedörrten, Zwespen, und eine schimmelnde Limonade.

Caspersberg. Das geht mir allzulang her bis was auf uns kömmt. Ich will ein wenig furaschiren ausgehen.(geht zu seiner Frau) Du Schatz! gieb mir in paar Krapfen; ich habe einen so großen Appetit, daß mir das Wasser ins Maul läuft.

Ehrenw. Nehmen sie sich, Herr von Caspersberg!

Caspersberg. Wenns erlaubt ist, so will ich zugreifen.(nimmt und geht wieder an seinen Ort.)

Ort.) Es iſt kein großer Vortheil, wenn man
bey dem letzten Tiſch ſitzt. Man muß lang warten, bis was kommt; und wenn die erſten Tiſche nichts überlaſſen; ſo kriegt man gar nichts.

Chriſtoph mit einem gebratenen Kapaunen,
will ihn auf den erſten Tiſch ſtellen.)

Ehrenw. zum Chriſtoph.) Das gehört für
den Herrn von Kaspersberg! — tragts hin,
und dann nehmt hier weg!

Chriſtoph. Ja, ihr Gnaden. (trägt den Kapaunen zum Kaspersberg.) Hier bring ich indeſſen was zu eſſen; ein Glas Wein werd ich
gleich auch bringen.

Caspersberg. Itzt laſſen wir das Spielen ſte-
hen, da giebts was geſcheiders zu thun. Der
Kerl ſchaut ſchön aus! es iſt Schade, daß keine
Muſcherln dabey ſind. (tranſchiret ihn.)

Chriſtoph nimmt die Schüſſel vom erſten
Tiſche, trägt ſie auf den zweyten, dieſe auf den
dritten, dieſe auf den vierten Tiſch!, und ab.
Ehrenwerthinn geht von einem Tiſche zum
andern, und ſpricht zu.)

Plauderb. Wir können itzt ſchon wieder fort-
ſpielen.

Caspersberginn. Ich bin bereit,

Plauderb. Sie geben die Karten. (Caspersberginn giebt.) Man muß die Zeit nicht ver-
ſäumen, ſonſt komme ich heute nicht mehr zu
meinem Revanſch. Aber ich bitte mir einmal gute
Karten aus.

Dort-

Caspersberginn, Die Liebe fängt bey sich
selbsten an.

Caspersberg. Schatz willst ein Biegel?

Caspersberginn. Laß mich — ich muß spielen.

Caspersberg. Ich heb dir eines auf, Schatz!
bis das Spiel aus ist. Der Kapaun ist köstlich!
er schneidet sich wie Butter. (er und Stuzica
essen.)

Christoph. (mit einer Bouteille Wein, und
zwey Gläser zum Caspersberg) Hier ist Wein.

Caspersberg. Er ist ein recht brafer Mensch.
Sey er so gut, stell er es nur da nieder! Ich
werde nach Gelegenheit trinken. Das heiß ich
einen Geburtstag! das ist eine rechte galante,
noble Gesellschaft! Allegro Signor Stuzica.

Stuzica. Che viva la Padrona di Casa!

Christoph. (stellt es nieder, geht ab, kömmt
wieder mit Wein, und bedient die übrigen
Tische, alles ißt und trinkt.)

Plauderbachinn. (indem sie ihre Karte durch-
gehet) Bey meiner Treue! ich glaube wirklich,
sie können einem Karten geben, wie sie wollen.

Caspersberginn. Ganz natürlich!

Plauderbachinn. (hönisch) Ich bitte sie, seyn
sie so gnädig, und machen sie keinen Spaß!—
Das sind wieder Karten zum Fraaß kriegen.

Niederburg. Ein guter Spieler muß mit
schlechten Karten auch spielen können.

Plauderbachinn. Spielen sie wenn sie kein einziges Stichblat haben. Nie.

Niederburg. Das ist eben die Kunst, meine gnädige Frau! Jeder kann gut spielen, wenn er gute Karten hat, aber —

Plauderbachinn. (legt ihre Karten auf) Den möchte ich itzt sehen, der mir mit diesen Karten was machen wird. Da, nehmen sie solche — spielen sie damit, zeigen sie ihre Kunst mein gnädiger Herr!

Niederburg. Das kann nicht seyn, meine gnädige Frau! ich behalte die Karten, die ich bekommen habe.

Plauderbachin. (nimmt ihre Karte wieder) Ja nu! so müßen sie nicht prätendiren, daß man mit schlechten Karten gut spielen soll. (zur Caspersberginn, welche ins Lachen ausgebrochen) Verzeihen sie mir! Sie sind gewiß übels Humors, wenn sie verlieren; weil sie lachen, wenn sie gewinnen?

Caspersberginn. Spielen sie aus, Herr von Niederburg!

Niederburg. Spadi — (die andern geben zu) Wollen sie diesen Buben nicht? — Hier ist der Reiter!

Plauderbachinn. Itzt nehme ich.

Caspersbergiun. Erlauben sie! das nehme ich mit Atu.

Plauderbachinn. Was? haben sie in dieser Farbe verlegt!

Caspersberginn. Zu dienen, wie sie sehen.

Plau-

Plauderbachinn. Ach, das ist nicht erlaubt. Ich habe diesen einzigen König, und der muß mir kupiret werden! Nein — das ist zum tod- ärgern.

Caspersberginn. Atu! — Atu!

Niederburg. Atu!

Plauderbachinn. Ach, das geht nicht an! ich protestire darwider. Sie haben meine Karten gesehen. Sie spielen auf den Bagat, weil sie wissen, daß ich wenig Tarock habe: nein das gilt nicht, ich protestire darwieder, sie müßen anders geben.

Caspersberginn. Wer hat sie denn geheissen, daß sie ihre Karten auflegen sollen?

Plauderbachinn. Nein so spiele ich nicht; es geht nicht ehrlich zu — Sie beyde halten zusam- men — Sie sind mit einander verstanden — sie beyde spielen wieder mich — das geht nicht an.

Caspersberginn. (legt die Karten nieder, steht auf.) Spielen sie mit wem sie wollen, ich versichere sie, daß ich in meinem Leben nicht mehr mit ihnen spielen werde.

Plauderbachinn. Was? Sie wollen mich plantiren. Ich will meine Revansch haben — sie müßen spielen.

Caspersberginn. Ich habe nicht nöthig ihnen Revansch zu geben! ich schenke ihnen, was ich ihnen abgewonnen habe.

Plauderbachin. (steht auf, und nach ihr al- les)

les) O ich brauche nichts geschenkt von ihnen. Sie sind nicht im Stande mir was zu schenken. Sie brauchen ihre Sache selbst. So viel sie haben, habe ich auch, ich werde zu ihnen um kein Allmosen kommen, und was ich verliere, das kann ich bezahlen.

Caspersberginn. Ich verlange nichts von ihnen, und spiele nicht mehr mit ihnen.

Plauderbachinn. Wissen sie, sie haben eine schlechte Lebensart, daß sie mich mitten unter dem Spiel plantiren.

Caspersberginn. Sie haben keine Lebensart

plauderbachinn. Gar keine Lebensart haben sie, sage ich ihnen.

Caspersberg. (welcher in Aengsten mit einem Biegel in der Hand herbeygelaufen, zu seiner Frau) Schatz willst ein Biegel?

plauderbachinn. Nicht die geringste Lebensart! das wird ihnen die ganze Welt sagen.

Caspersberg. (zur Plauderbachinn) Haben sie einen Disput mit einander?

plauderbachinn (zu Caspersberg) O gehen sie, sie altes Kind!

Caspersberg. (zu seiner Frau) Du Schatz! leidst du das?

Caspersberginn. Laß sie gehen! du siehst ja wohl, daß sie nicht just ist.

Plauderbachinn. Was? das ist impertinent!

Eh=

Ehrenwerthinn. Gieb dich doch zufrieden, meine liebe Plauderbachinn.

Plauderbachin. Was? ich soll das leiden? Baron Schuschu!

Baron Schuschu. Was fehlt ihnen, gnädige Frau?

Plauderbachinn. Haben sie nichts zum riechen? mir wird übel.

Baron Schuschu. (hält ihr ein eau de la reine Fläschchen an die Nase) Erholen sie sich gnädige Frau!

Plauderbachinn. Nein! das hätte ich nicht geglaubt — daß mir — in deinem Haus — dieser Affront — geschehen sollte.

Vierzehnter Auftritt.

Ehrenwerth. Die Vorigen.

Ehrenw. Was ist das? was geht hier vor?

Plauderb. riecht immer am Fläschel.) Nein — ich bedanke mich — für deine — Gnaden.

Ehrenw. Ist ihnen nicht gut Frau von Plauderbach?

Plauderb. Ach! — mich zwickts — Baron Schuschu — führen sie mich nach Haus!

Baron Schuf. Gnädige Frau! sie werden todten blas — gehen wir, gehen wir. (führt sie fort)

Plauderb. im Abgehen zur Caspersberginn)

G   Car

Gar keine Lebensart, gar keine, das sage ich ihnen. Mein Lebtag geh ich nicht mehr hin, wo
sie sind. Gar keine Lebensart.   O wie zwickts
mich! (ab.)

Stuzica. wickelt mittlerweile den Kapaun in
Papier ein, und schleicht sich weg)

Caspersberg. So hat die aus lauter Verdruß
das Zwicken gekriegt!

Ehrenw. zu seiner Frau.) Sage mir doch,
was ist denn mit ihr vorgegangen?

Caspersberginn. Mein liebster Herr von Ehrenwerth! das ist ein unerträgliches Weib! sie
können nicht glauben, was sie für einen unaus-
sprechlich übeln Humor im Spielen hat —

Caspersberg. Ja den hat sie.

Caspersbergin. Sie thut nichts als zanken und
brummen —

Caspersberg. Ja das thut sie.

Caspersberginn. Man kann ihr die Karten
nicht gut genug geben, man kann ihr nicht recht
nach ihrem Kopf spielen, kurz: sie meynt, sie
müsse allezeit gewinnen.

Caspersberg. Ja das meynt sie.

Caspersberginn. Denken sie nur, mein Herr
von Ehrenwerth! sie sagt uns ins Gesicht: ich
und Herr von Niederburg, wir hielten zusammen
und spielten wider sie, es gienge nicht ehrlich zu.

Caspersberg. Ja, das hat sie gesagt.

Caspersberginn. Mir wars nicht möglich
länger mit ihr zu spielen: ich stand auf, und ließ
sie

ste sitzen, darauf ist ihr vor lauter Bosheit übel
geworden.

Caspersberg. Ja, ja, so wars wie meine Frau
sagt.

Ehrenw. Ich bedaure, Frau von Caspersberg,
daß sie —

Caspersberginn. Mir ist nur leid, daß die
Frau Liebste an ihrem Geburtstage solche Ver-
drüßlichkeiten haben muß. Ich bin nicht schuld
daran, wie sie sehen.

Caspersberg. Nein, meine Frau ist nicht schuld
daran.

Caspersberginn. Ich will ihnen nicht länger
Ungelegenheit machen, ich sehe wohl —

Caspersberg. Wollen wir gehen, Schatz?

Caspersberginn. Ja, wir wollen gehen.

Caspersberg. Willst du nicht eher dein Biegel essen, Schatz!

Caspersberginn. Ich kann nicht essen.

Caspersberg. Nu, so gehen wir: wart ein wenig! (geht zu seinem Tisch, legt das Biegel
aufs Teller.) Wo Teufel ist denn der ganze Kapaun hingekommen? der Welsche muß sich brav
getummelt haben. (nimmt seinen Hut und geht
zu seiner Frau.)

Caspersberginn. Frau von Ehrenwerth ich
sage ihnen unterthänigen Dank für die empfan-
gene Ehren und Höflichkeiten —

Caspersberg. Gehorsamsten Dank meine gnädige Frau!

Caspersberginn. Und rekommendire mich in
ihre Gnaden.

Ehrenwerthinn. Ich hoffe ein andersmal die
Ehre zu haben sie bey mir zu bedienen.

Caspersberg. Gehorsamst aufzuwarten.

Caspersberginn. Ich empfehle mich unter
thänig. (beyde ab)

Hadersheim. Ey, ey! diese Frauen haben eine
ganze Confusion in die Gesellschaft gemacht.
Das wird eine ganze Stadthistorie werden.

Ebenholzinn. Ey es geschieht ihr schon recht
der Plauderbachinn, wenn sie den Leuten auch
einmal in die Mäuler kömmt; sie richtet das
ganze Jahr die Leute genug aus: ich gönn es
ihr von Herzen.

Niederburginn. Sie haben recht! das närrische Weib macht unserer ganzen Noblesse eine
Schande.

Hadersheim zu den Männern.) Itzt haben
unsere Frauen wieder eine Zeitlang zu diskuriren.

Ebenholzinn. O man redet so genug von ihr
und ihrem verhungerten Baron Schuschu: überall zieht sie ihn nach sich, sie mag seyn , wo sie
will. Die verdiente wohl, daß man sie in der
Komödie spielte. Die Närrin hat uns unsern
ganzen Spas verdorben.

Niederburg. Was ist zu thun ? die Spiele
sind zerrissen. Es wird am besten seyn, wenn wir
uns alle wegbegeben, und sie (zur Ehrenwer-

thin)

(hinn) in Freyheit laſſen. Ich nehme mir die Eh,
re, mich im Namen der ganzen Geſellſchaft für
die gute Bewirthung zu bedanken ; und uns ih,
nen zu empfehlen.

(alles beurlaubet ſich und ab.)

Ehrenwerthinn. Ich bitte um Vergebung ,
daß ſie nicht beſſer ſind bedienet worden.

Finſterling. Frau Mahm! ich wünſche ihnen
eine ruhſame Nacht.   Laſſen ſie ſich nichts böſes
träumen.

Ehrenwerthinn. Leben ſie wohl, mein lieber
Vetter !

Finſterling. Demüthiger Diener. (im Abge,
hen) o wie gehts zu in dieſer ſchnöden Welt?
o Eitelkeit, o Eitelkeit.

Funfzehnter und lezter Auftritt.

Dormann, Ehrenwerth, Ehrenwerthinn und
die Kinder.

Dormann. Nun hat die Geſellſchaft ein Ende.

Ehrenw. (nach einigem Schweigen zu ſei,
ner Frau.) Nu, was ſagſt du izt von deiner
Plauderbachinn ?

Ehrenwerthinn. Das Weib hat mir einen
ganzen Aufruhr in der Geſellſchaft gemacht.

Ehrenw. Was hab ich dir geſagt: habe ich
recht, oder nicht ?

Ehrenwerthinn. Du haſt vollkommen recht,
mein lieber Mann! Aber laß mich — ich muß

ein

ein wenig ausruhen, ich bin so müde, daß ich
kaum stehen kann. (sie setzt sich.)

Dormann. Es ist kein Wunder! sie haben
diesen Abend nicht einen Augenblick Ruhe gehabt.

Ehrenw. Wer ist Schuld daran, als du selbst?
warum läßst du dir solche Ungelegenheit auf den
Hals? es ist nur leid um dich, daß du an deinem Geburtstage, anstatt dich zu ergötzen, noch
Verdruß haben mußt.

Ehrenwerthinn. Leider!

Dormann. Wenn es auch ohne Verdruß ab-
gelaufen wäre: so könnte ich dennoch nicht glauben, daß sie ein wirkliches Vergnügen an dieser
Unterhaltung würde empfunden haben. Hätten
sie nur die Diskurse der Frauen mit angehört!

Ehrenwerth. O ich weiß es, wie angenehm
es bey dergleichen Gelegenheiten zugeht.

Dormann. Den Frauen will ich es gern verzeihen. Aber, wie ist es möglich, daß Männer
— daß Männer nicht klüger sind!

Ehrenw. Mein liebster Freund! weil das
Männer sind, die sich für dergleichen Weiber
schicken!

Ehrenwerthinn. Um aller dieser Ungelegenheit zu entgehen, will ich künftig an dergleichen
Tagen gar keine Gratulation mehr annehmen.

Ehrenw. Das wäre in der That die vernünf-
tigste Entschließung! man hat selbst die größte
Ungelegenheit dabey, wenn man sich von einer

fo-

solchen Menge Leute muß angratuliren laſſen. Zu
dem kommen alle dieſe Modefrauen nicht aus
Freundſchaft, ſondern nur, um ſich in ihrem Staa-
te und Aufputze ſehen zu laſſen, Parade und
Wind zu machen , und etwa auf eine Schmausge-
ſellſchaft eingeladen zu werden, wo ſie ihre Thor-
heiten auskramen können.

Ehrenwerthinn. Mein Lebtag gebe ich keine Geſellſchaft wieder.

Ehrenwerth. Wollte der Himmel, daß es
dein Ernſt wäre!

Ehrenwerthinn. In der That, es iſt mein
völliger Ernſt! Ich entſage von dieſer Stunde an
allen Geſellſchaften, und allem Spiele.

Ehrenwerth. Das Spielen darfſt du deßwe-
gen nicht verreden. Wenn dir ja die Luſt dazu
ankömmt; lade dir einen, oder ein paar gute Freun-
de ein, vergnüge, unterhalte dich mit ihnen —

Ehrenwerthinn. Mein lieber Mann! ich werde mir einen ganz andern Zeitvertreib ſuchen.

Ferdinandl. Wenn der Mama die Zeit lang
wird, wir wollen ſie unterhalten.

Ehrenwerthinn. Du mein liebes Kind! du
willſt mich unterhalten?

Ferdinandel. Ja, wir wollen ihnen Komödie
ſpielen, wir wollen ihnen herſagen, was wir gelernt haben, wir wollen ihnen zuhören, wenn ſie
uns was erzählen, wir wollen fromm ſeyn, daß
wir ihnen eine Freude machen, und —

Dormann. Wahrhaftig, der Kleine hat den besten Einfall. Können sie wohl ein grösers angenehmeres Vergnügen genieſſen, als in dem Schooſe ihrer Familie, in dem Umgange mit dieſen liebenswürdigen Kindern, in Bildung ihrer zarten Herzen —

Ehrenwerthinn. Ich danke ihnen, Herr von Dormann! sie reden als ein wahrer Freund. Sie erinnern mich auf meine Pflichten. Ich werde sie mit Vergnügen erfüllen. Meine Kinder! (hält die zwey Kleinen bey den Händen) von nun an sollt ihr mein angenehmſter Zeitvertreib, und mein Gemahl und ein vernünftiger Freund, meine liebſte Gesellschaft — mein einziges Vergnügen seyn.

Ende des Luſtspiels.